COLLECTION
FOLIO BILINGUE

Sir Arthur Conan Doyle

The Man with the Twisted Lip

and other adventures of Sherlock Holmes

L'homme à la lèvre tordue

et autres aventures de Sherlock Holmes

Traduit de l'anglais
par Julie Pujos
en collaboration avec
Marie-Pierre Coutelle

Traduction inédite

Gallimard

To
my old Teacher
JOSEPH BELL MD etc.
of
2 Melville Crescent Edinburgh

À
mon vieux professeur
JOSEPH BELL[1] *MD*[2] *etc.*
2 Melville Crescent Edinburgh

1. Joseph Bell (1837-1911), chirurgien à l'hôpital et professeur à la Faculté de médecine d'Édimbourg. Il fut le professeur d'Arthur Conan Doyle qui commença ses études de médecine en 1876 et reçut son diplôme en 1881. Il est un des modèles du personnage de Sherlock Holmes.
2. *MD (Doctor of Medicine)* : docteur en médecine.

A Scandal in Bohemia
Un scandale en Bohême

A SCANDAL IN BOHEMIA

1

To Sherlock Holmes she is always *the* woman. I have seldom heard him mention her under any other name. In his eyes she eclipses and predominates the whole of her sex. It was not that he felt any emotion akin to love for Irene Adler. All emotions, and that one particularly, were abhorrent to his cold, precise, but admirably balanced mind. He was, I take it, the most perfect reasoning and observing machine that the world has seen: but, as a lover, he would have placed himself in a false position. He never spoke of the softer passions, save with a gibe and a sneer. They were admirable things for the observer – excellent for drawing the veil from men's motives and actions. But for the trained reasoner to admit such intrusions into his own delicate and finely adjusted temperament was to introduce a distracting factor which might throw a doubt upon all his mental results. Grit in a sensitive instrument, or a crack in one of his own high-power lenses,

UN SCANDALE EN BOHÊME

1

Pour Sherlock Holmes elle est toujours *la* femme. Je l'ai rarement entendu la mentionner sous un autre nom. À ses yeux, elle éclipse et domine son sexe tout entier. Ce n'était pas qu'il ressente aucune sorte d'émotion proche de l'amour pour Irène Adler. Toutes les émotions, et celle-ci en particulier, étaient contraires à son esprit froid, précis, mais admirablement équilibré. Il était, je le maintiens, la machine à raisonner et à observer la plus parfaite que le monde ait vu ; mais, comme amant, il se serait placé lui-même dans une position fausse. Il ne parlait jamais des passions les plus douces qu'avec sarcasme et mépris. C'étaient, pour l'observateur, d'admirables choses – excellentes pour lever le voile sur les motifs et les actes des hommes. Mais, pour le raisonneur exercé, admettre une telle intrusion dans son propre tempérament délicat et finement réglé, c'était introduire un facteur de perturbation qui aurait jeté le doute sur tous ses résultats intellectuels. Un grain de sable dans un instrument sensible ou une fêlure dans l'une de ses très puissantes lentilles

would not be more disturbing than a strong emotion in a nature such as his. And yet there was but one woman to him, and that woman was the late Irene Adler, of dubious and questionable memory.

I had seen little of Holmes lately. My marriage had drifted us away from each other. My own complete happiness, and the home-centred interests which rise up around the man who first finds himself master of his own establishment, were sufficient to absorb all my attention; while Holmes, who loathed every form of society with his whole Bohemian soul, remained in our lodgings in Baker Street, buried among his old books, and alternating from week to week between cocaine and ambition, the drowsiness of the drug, and the fierce energy of his own keen nature. He was still, as ever, deeply attracted by the study of crime, and occupied his immense faculties and extraordinary powers of observation in following out those clues, and clearing up those mysteries, which had been abandoned as hopeless by the official police. From time to time I heard some vague account of his doings: of his summons to Odessa in the case of the Trepoff murder, of his clearing up of the singular tragedy of the Atkinson brothers at Trincomalee, and finally of the mission which he had accomplished so delicately and successfully for the reigning family of Holland.

n'auraient pas été plus gênants qu'une émotion forte dans une nature telle que la sienne. Et pourtant il y avait une femme pour lui, et cette femme était la défunte Irène Adler, de douteuse et contestable mémoire.

J'avais peu vu Holmes dernièrement. Mon mariage nous avait éloignés l'un de l'autre. Mon bonheur complet et les intérêts domestiques qui s'élèvent autour d'un homme qui, pour la première fois, se trouve maître de sa propre installation étaient suffisants pour accaparer toute mon attention. Pendant ce temps, Holmes, qui répugnait à toute forme de société de toute son âme bohème, restait dans notre appartement de Baker Street, enseveli sous ses vieux livres, et alternant de semaine en semaine la cocaïne et l'ambition, la somnolence de la drogue et l'énergie farouche de sa nature violente. Il était encore, comme toujours, attiré par l'étude du crime et occupait ses immenses facultés et ses extraordinaires pouvoirs d'observation à poursuivre ces indices et à éclaircir ces mystères qui avaient été abandonnés, sans espoir, par la police officielle. De temps en temps, j'entendais de vagues comptes rendus de ses agissements : sa présence à Odessa dans l'affaire du meurtre de Trepoff[1], l'élucidation de la curieuse tragédie des frères Atkinson à Trincomalee et finalement ce qu'il avait accompli si délicatement et si brillamment pour la famille régnante de Hollande.

1. Il s'agirait du général Fedor Trepov (1812-1889) qui survécut à un attentat nihiliste dont il fut victime à Odessa, en janvier 1878. Doyle ne respecte guère les dates, puisque Watson et Holmes ne se connaissaient pas en 1878...

Beyond these signs of his activity, however, which I merely shared with all the readers of the daily press, I knew little of my former friend and companion.

One night – it was on the 20th of March, 1888 – I was returning from a journey to a patient (for I had now returned to civil practice), when my way led me through Baker Street. As I passed the well-remembered door, which must always be associated in my mind with my wooing, and with the dark incidents of the Study in Scarlet, I was seized with a keen desire to see Holmes again, and to know how he was employing his extraordinary powers. His rooms were brilliantly lit, and, even as I looked up, I saw his tall spare figure pass twice in a dark silhouette against the blind. He was pacing the room swiftly, eagerly, with his head sunk upon his chest, and his hands clasped behind him. To me, who knew his every mood and habit, his attitude and manner told their own story. He was at work again. He had risen out of his drug-created dreams, and was hot upon the scent of some new problem. I rang the bell, and was shown up to the chamber which had formerly been in part my own.

His manner was not effusive. It seldom was; but he was glad, I think, to see me.

Cependant, en dehors de ces signes d'activité que je partageais simplement avec tous les lecteurs de la presse quotidienne, j'en savais peu sur mon ami et compagnon d'autrefois.

Une nuit – c'était le 20 mars 1888 – je revenais d'un voyage auprès d'un patient (car j'étais revenu à une clientèle civile[1]), quand ma route me conduisit dans Baker Street. Comme je passais devant la porte dont je me souvenais si bien et qui doit toujours être associée dans mon esprit à mes fiançailles[2], et aux sombres incidents de l'*Étude en rouge*, je fus saisi d'un violent désir de revoir Sherlock Holmes et de savoir à quoi il employait ses extraordinaires pouvoirs. Son appartement était brillamment éclairé et, quand je levai la tête, je vis sa grande silhouette maigre passer deux fois en une ombre sombre derrière le rideau. Il arpentait rapidement, impatiemment la pièce, la tête inclinée sur sa poitrine et les mains serrées derrière lui. Pour moi qui connaissais toutes ses humeurs et habitudes, son attitude et ses manières racontaient leur propre histoire. Il était à nouveau au travail. Il était sorti des rêves créés par la drogue et était sur la piste de quelque nouveau problème. Je sonnai et fus accompagné jusqu'à l'appartement qui avait été autrefois en partie le mien.

Ses façons n'étaient pas expansives. Elles l'étaient rarement, mais, je pense, il fut content de me voir.

1. Watson a été médecin militaire.
2. *Wooing* : cour amoureuse.
Watson rencontre sa femme, Mary Morstan, dans *The Sign of Four.*

With hardly a word spoken, but with a kindly eye, he waved me to an armchair, threw across his case of cigars, and indicated a spirit case and a gasogene in the corner. Then he stood before the fire, and looked me over in his singular introspective fashion.

'Wedlock suits you,' he remarked. 'I think, Watson, that you have put on seven and a half pounds since I saw you.'

'Seven,' I answered.

'Indeed, I should have thought a little more. Just a trifle more, I fancy, Watson. And in practice again, I observe. You did not tell me that you intended to go into harness.'

'Then, how do you know?'

'I see it, I deduce it. How do I know that you have been getting yourself very wet lately, and that you have a most clumsy and careless servant girl?'

'My dear Holmes,' said I, 'this is too much. You would certainly have been burned had you lived a few centuries ago. It is true that I had a country walk on Thursday and came home in a dreadful mess; but, as I have changed my clothes, I can't imagine how you deduced it. As to Mary Jane, she is incorrigible, and my wife has given her notice; but there again I fail to see how you work it out.'

He chuckled to himself and rubbed his long nervous hands together.

Presque sans un mot, mais d'un œil amical, il me désigna un fauteuil, tendit sa cave à cigares et indiqua le placard d'alcools et le gazogène[1] dans le coin. Ensuite il se tint devant le feu et me regarda de sa manière particulièrement pénétrante.

« Le mariage vous sied, fit-il remarquer. Je pense, Watson, que vous avez pris sept livres et demie[2] depuis que je vous ai vu.

– Sept[3], répondis-je.

– En fait, j'aurais cru un petit peu plus. Juste un soupçon de plus, j'imagine, Watson. Et à nouveau en exercice, je vois. Vous ne m'aviez pas dit que vous aviez l'intention de reprendre le collier.

– Alors, comment le savez-vous ?

– Je le vois, je le déduis. Comment est-ce que je sais que vous avez été mouillé récemment, et que vous avez une bonne extrêmement maladroite et peu soigneuse ?

– Mon cher Holmes, dis-je, c'en est trop. Vous auriez certainement été brûlé si vous aviez vécu il y a quelques siècles. Il est vrai que jeudi j'ai marché dans la campagne et que je suis revenu dans un état terrible ; mais, puisque j'ai changé de vêtements, je ne peux pas imaginer comment vous l'avez déduit. Quant à Mary Jane, elle est incorrigible et ma femme lui a donné son préavis ; mais ici encore, je n'arrive pas à voir comment vous avez abouti à cette conclusion. »

Il rit doucement en lui-même et frotta ses longues mains nerveuses l'une contre l'autre.

1. Gazogène : appareil pour fabriquer l'eau de Seltz.
2. *Seven pounds and a half* : environ 3,5 kg.
3. *Seven pounds* : environ 3 kg.

'It is simplicity itself,' said he; 'my eyes tell me that on the inside of your left shoe, just where the firelight strikes it, the leather is scored by six almost parallel cuts. Obviously they have been caused by someone who has very carelessly scraped round the edges of the sole in order to remove crusted mud from it. Hence, you see, my double deduction that you had been out in vile weather, and that you had a particularly malignant boot-slitting specimen of the London slavey. As to your practice, if a gentleman walks into my rooms smelling of iodoform, with a black mark of nitrate of silver upon his right forefinger, and a bulge on the side of his top hat to show where he has secreted his stethoscope, I must be dull indeed if I do not pronounce him to be an active member of the medical profession.'

I could not help laughing at the ease with which he explained his process of deduction. 'When I hear you give your reasons,' I remarked, 'the thing always appears to me to be so ridiculously simple that I could easily do it myself, though at each successive instance of your reasoning I am baffled, until you explain your process. And yet I believe that my eyes are as good as yours.'

« C'est la simplicité même, dit-il ; mes yeux me disent que sur l'intérieur de votre chaussure gauche, juste là où la lumière du feu frappe, le cuir est entaillé de six coupures à peu près parallèles. À l'évidence, elles ont été causées par quelqu'un qui a gratté peu soigneusement autour des bords de la semelle pour ôter la boue qui y était incrustée. De là, voyez-vous, ma double déduction que vous êtes sorti par très mauvais temps, et que vous avez un spécimen de bonne à tout faire londonienne particulièrement dangereux pour les bottes[1]. Quant à votre exercice, si un monsieur entre chez moi en sentant l'iodoforme[2], avec une trace noire de nitrate d'argent sur son index droit et une bosse sur le côté de son chapeau haut de forme pour montrer où il a dissimulé son stéthoscope, je dois être vraiment borné si je ne le désigne pas comme un membre actif du corps médical. »

Je ne pus m'empêcher de rire de la facilité avec laquelle il expliquait son procédé de déduction. « Quand je vous entends donner vos raisons, fis-je remarquer, les choses m'apparaissent si ridiculement simples que je pourrais facilement le faire moi-même, bien qu'à chaque nouvel exemple successif de votre manière de raisonner je sois déconcerté jusqu'à ce que vous expliquiez votre procédé. Et pourtant je crois que mes yeux sont aussi bons que les vôtres.

1. *Malignant bootslitting* : littéralement, invisible dans la lacération de bottes.
2. Iodoforme : composé à l'odeur tenace et désagréable qui sert d'antiseptique.

'Quite so,' he answered, lighting a cigarette, and throwing himself down into an armchair. 'You see, but you do not observe. The distinction is clear. For example, you have frequently seen the steps which lead up from the hall to this room.'

'Frequently.'

'How often?'

'Well, some hundreds of times.'

'Then how many are there?'

'How many! I don't know.'

'Quite so. You have not observed. And yet you have seen. That is just my point. Now, I know that there are seventeen steps, because I have both seen and observed. By the way, since you are interested in these little problems, and since you are good enough to chronicle one or two of my trifling experiences, you may be interested in this.' He threw over a sheet of thick, pink-tinted note-paper which had been lying open upon the table. 'It came by the last post,' said he. 'Read it aloud.'

The note was undated, and without either signature or address.

'There will call upon you tonight, at a quarter to eight o'clock,' it said, 'a gentleman who desires to consult you upon a matter of the very deepest moment. Your recent services to one of the Royal Houses of Europe have shown that you are one who may safely be trusted with matters which are of an importance which can hardly be exaggerated. This account of you we have from all quarters received. Be in your chamber then at that hour, and do not take it amiss if your visitor wear a mask.'

– Parfaitement, répondit-il en allumant une cigarette et en s'asseyant dans un fauteuil. Vous voyez, mais vous n'observez pas. La distinction est claire. Par exemple, vous avez fréquemment vu les marches qui mènent de l'entrée à cette pièce.

– Fréquemment.

– Combien de fois ?

– Eh bien, des centaines de fois.

– Alors combien y en a-t-il ?

– Combien ! Je ne sais pas.

– Parfaitement. Vous n'avez pas observé. Et pourtant vous avez vu. C'est juste mon propos. Or, je sais qu'il y a dix-sept marches, parce que j'ai à la fois vu et observé. Au fait, puisque vous êtes intéressé par ces petits problèmes et puisque vous êtes assez bon pour faire la chronique d'une ou deux de mes petites expériences, vous serez peut-être intéressé par ceci. » Il tendit une feuille de papier à lettre, épaisse et rose, qui était restée ouverte sur la table. « C'est arrivé par le dernier courrier, dit-il. Lisez à voix haute. »

Le billet était sans date ni signature ou adresse.

Cela disait : « Fera appel à vous ce soir, à huit heures moins le quart, un monsieur qui désire vous consulter sur un problème de la plus grande importance. Vos services récents auprès d'une des Maisons royales d'Europe ont montré que vous êtes quelqu'un à qui l'on peut faire confiance en toute sécurité pour des affaires dont l'importance est à peine exagérée. Ce compte rendu sur vous nous l'avons de tous les côtés reçu. Soyez chez vous à l'heure et ne vous formalisez pas si votre visiteur porte un masque. »

'This is indeed a mystery,' I remarked. 'What do you imagine that it means?'

'I have no data yet. It is a capital mistake to theorize before one has data. Insensibly one begins to twist facts to suit theories, instead of theories to suit facts. But the note itself. What do you deduce from it?'

I carefully examined the writing, and the paper upon which it was written.

'The man who wrote it was presumably well-to-do,' I remarked, endeavouring to imitate my companion's processes. 'Such paper could not be bought under half a crown a packet. It is peculiarly strong and stiff.'

'Peculiar – that is the very word,' said Holmes. 'It is not an English paper at all. Hold it up to the light.'

I did so, and saw a large *E* with a small *g*, a *P*, and a large *G* with a small *t* woven into the texture of the paper.

'What do you make of that?' asked Holmes.

'The name of the maker, no doubt; or his monogram, rather.'

'Not at all. The *G* with the small *t* stands for "Gesellschaft", which is the German for "Company". It is a customary contraction like our "Co.". *P*, of course, stands for "Papier". Now for the *Eg*. Let us glance at our Continental Gazetteer.' He took down a heavy brown volume from his shelves. 'Eglow, Eglonitz – here we are, Egria. It is in a German-speaking country – in Bohemia, not far from Carlsbad.

« C'est en effet un mystère, remarquai-je. Qu'imaginez-vous que cela veuille dire ?

– Je n'ai pas encore de données. C'est une erreur capitale que de théoriser avant d'avoir les données. On commence insensiblement à dénaturer les faits pour les ajuster aux théories, au lieu d'ajuster les théories aux faits. Mais le billet lui-même... Que pouvez-vous en déduire ? »

J'examinai soigneusement l'écriture et le papier sur lequel c'était écrit.

« L'homme qui a écrit cela était probablement aisé, fis-je remarquer en m'efforçant d'imiter les procédés de mon compagnon. Un tel papier ne peut pas être acheté à moins d'une demi-couronne le paquet. Il est singulièrement solide et raide.

– Singulier – c'est le terme exact, dit Holmes. Ce n'est pas du tout un papier anglais. Tenez-le devant la lumière. »

C'est ce que je fis, et je vis un grand *E* avec un petit *g*, un *P* et un grand *G* avec un petit *t* en filigrane dans la texture du papier.

« Que dites-vous de cela ? demanda Holmes.

– Le nom du fabricant, sans doute ; ou son monogramme, plutôt.

– Pas du tout. Le *G* avec le petit *t* signifie "Gesellschaft", ce qui est le mot allemand pour "Compagnie". C'est une contraction habituelle comme notre "Co". *P*, bien sûr, signifie "Papier". Maintenant pour le *Eg*. Regardons notre atlas continental ». Il descendit des étagères un lourd volume marron. « Eglow, Eglonitz... nous y voilà, Eger. C'est dans une région de langue allemande... en Bohême, non loin de Karlsbad.

"Remarkable as being the scene of the death of Wallenstein, and for its numerous glass factories and paper mills." Ha, ha, my boy, what do you make of that?' His eyes sparkled, and he sent up a great blue triumphant cloud from his cigarette.

'The paper was made in Bohemia,' I said.

'Precisely. And the man who wrote the note is a German. Do you note the peculiar construction of the sentence – "This account of you we have from all quarters received". A Frenchman or Russian could not have written that. It is the German who is so uncourteous to his verbs. It only remains, therefore, to discover what is wanted by this German who writes upon Bohemian paper, and prefers wearing a mask to showing his face. And here he comes, if I am not mistaken, to resolve all our doubts.'

As he spoke there was the sharp sound of horses' hoofs and grating wheels against the kerb, followed by a sharp pull at the bell. Holmes whistled.

'A pair by the sound,' said he. 'Yes,' he continued, glancing out of the window. 'A nice little brougham and a pair of beauties. A hundred and fifty guineas apiece. There's money in this case, Watson, if there is nothing else.'

'I think that I had better go, Holmes.'

“Connu pour être le lieu de la mort de Wallenstein[1] et pour ses nombreuses usines de verre et fabriques de papier.” Ha, ha, mon garçon, que dites-vous de cela ? » Ses yeux étincelaient, et il envoya en l'air une grande bouffée de fumée bleue, triomphante, de sa cigarette.

« Le papier a été fabriqué en Bohême, dis-je.

– Précisément. Et l'homme qui a écrit ce billet est un Allemand. Notez-vous cette curieuse construction de la phrase : “Ce compte rendu sur vous nous l'avons de tous les côtés reçu.” Un Français ou un Russe n'aurait pas pu écrire cela. C'est l'Allemand qui est si discourtois avec ses verbes. Il ne reste plus, cependant, qu'à découvrir ce que veut cet Allemand qui écrit sur un papier bohémien et préfère porter un masque plutôt que de montrer son visage. Et le voilà qui vient, si je ne me trompe, pour répondre à tous nos doutes. »

Tandis qu'il parlait, il y eut un grand bruit de sabots de chevaux et le raclement de roues contre le trottoir, suivis d'un coup de sonnette brutal. Holmes siffla.

« Une paire au bruit, dit-il. Oui, continua-t-il en regardant par la fenêtre. Un joli petit coupé et une paire de beautés. Cent cinquante guinées pièce. Il y a de l'argent dans cette affaire, Watson, s'il n'y a rien d'autre.

– Je pense que je ferais mieux de partir, Holmes.

1. Albrecht von Wallenstein, duc de Friedland (1583-1634). Noble tchèque de famille protestante qui passa au catholicisme et fut assassiné à Eger. Il inspira une trilogie à Schiller (*Le Camp de Wallenstein*, 1798 – *Les Piccolomini*, 1799 – *La Mort de Wallenstein*, 1799).

'Not a bit, Doctor. Stay where you are. I am lost without my Boswell. And this promises to be interesting. It would be a pity to miss it.'

'But your client –'

'Never mind him. I may want your help, and so may he. Here he comes. Sit down in that armchair, Doctor, and give us your best attention.'

A slow and heavy step, which had been heard upon the stairs and in the passage, paused immediately outside the door. Then there was a loud and authoritative tap.

'Come in!' said Holmes.

A man entered who could hardly have been less than six feet six inches in height, with the chest and limbs of a Hercules. His dress was rich with a richness which would, in England, be looked upon as akin to bad taste. Heavy bands of astrakhan were slashed across the sleeves and fronts of his double-breasted coat, while the deep blue cloak which was thrown over his shoulders was lined with flame-coloured silk, and secured at the neck with a brooch which consisted of a single flaming beryl. Boots which extended half-way up his calves, and which were trimmed at the tops with a rich brown fur, completed the impression of barbaric opulence which was suggested by his whole appearance.

– Pas du tout, docteur. Restez où vous êtes. Je suis perdu sans mon Boswell[1]. Et cela promet d'être intéressant. Ce serait dommage de le manquer.

– Mais votre client…

– Ne vous souciez pas de lui. Je peux vouloir votre aide, et lui aussi. Le voici qui vient. Asseyez-vous dans ce fauteuil, docteur, et prêtez-nous toute votre attention. »

Le pas lent et lourd, que nous avions entendu dans l'escalier et le couloir, s'arrêta aussitôt devant la porte. Puis on frappa bruyamment et de manière autoritaire.

« Entrez ! » dit Holmes.

L'homme qui entra mesurait à peine moins de six pieds six pouces[2], avec le buste et les bras d'un hercule. Son vêtement était riche d'une richesse qui pourrait, en Angleterre, être regardée comme proche du mauvais goût. De lourdes bandes d'astrakan étaient taillées au travers des manches et du devant de son veston croisé, tandis qu'un manteau d'un bleu profond, jeté sur ses épaules, était bordé de soie couleur de feu et attaché autour de son cou par une seule broche de béryl[3] flamboyant. Les bottes, qui montaient jusqu'à mi-mollets, étaient garnies en haut d'une riche fourrure brune et complétaient l'impression d'opulence barbare que suggérait toute son apparence.

1. James Boswell (1740-1795), mémorialiste anglais.
2. *Six feet six inches* : environ 2 m.
3. Béryl : pierre précieuse de couleur variable ; ici, probablement un chrysobéryl (jaune).

He carried a broad-brimmed hat in his hand, while he wore across the upper part of his face, extending down past the cheek-bones, a black vizard mask, which he had apparently adjusted that very moment, for his hand was still raised to it as he entered. From the lower part of the face he appeared to be a man of strong character, with a thick, hanging lip, and a long straight chin, suggestive of resolution pushed to the length of obstinacy.

'You had my note?' he asked, with a deep, harsh voice and a strongly marked German accent. 'I told you that I would call.' He looked from one to the other of us, as if uncertain which to address.

'Pray take a seat,' said Holmes. 'This is my friend and colleague, Dr Watson, who is occasionally good enough to help me in my cases. Whom have I the honour to address?'

'You may address me as the Count von Kramm, a Bohemian nobleman. I understand that this gentleman, your friend, is a man of honour and discretion, whom I may trust with a matter of the most extreme importance. If not, I should much prefer to communicate with you alone.'

I rose to go, but Holmes caught me by the wrist and pushed me back into my chair. 'It is both, or none,' said he. 'You may say before this gentleman anything which you may say to me.'

Il tenait à la main un chapeau aux bords larges, tandis qu'il portait sur le haut du visage, descendant sur les pommettes, un loup[1] noir, qu'il venait apparemment d'ajuster car sa main était encore levée quand il entra. À voir la partie basse de son visage, il semblait être un homme au caractère fort, avec une épaisse lèvre pendante et un long menton droit qui suggérait une résolution confinant à l'obstination.

« Vous avez eu mon billet ? demanda-t-il d'une voix profonde, rude, et avec un accent allemand fortement marqué. Je vous ai dit que je ferais appel à vous. » Il nous regardait l'un et l'autre, comme s'il ne savait pas à qui s'adresser.

« Je vous en prie, prenez un siège, dit Holmes. Voici mon ami et collègue, le docteur Watson, qui est assez bon à l'occasion pour m'aider dans mes affaires. À qui ai-je l'honneur de m'adresser ?

– Vous pouvez vous adresser à moi comme "Comte von Kramm", un gentilhomme bohémien. Je comprends que ce monsieur, votre ami, est un homme d'honneur et de discrétion, à qui je peux confier un problème de la plus extrême importance. Si ce n'est pas le cas, je préférerais parler avec vous seul. »

Je me levai pour partir, mais Holmes m'attrapa par le poignet et me repoussa dans ma chaise. « C'est les deux ou rien, dit-il. Vous pouvez dire devant ce monsieur tout ce que vous me diriez. »

1. *Vizard* = *visor* : visière, masque.

The Count shrugged his broad shoulders. 'Then I must begin,' said he, 'by binding you both to absolute secrecy for two years, at the end of that time the matter will be of no importance. At present it is not too much to say that it is of such weight that it may have an influence upon European history.'

'I promise,' said Holmes.

'And I.'

'You will excuse this mask,' continued our strange visitor. 'The august person who employs me wishes his agent to be unknown to you, and I may confess at once that the title by which I have just called myself is not exactly my own.'

'I was aware of it,' said Holmes dryly.

'The circumstances are of great delicacy, and every precaution has to be taken to quench what might grow to be an immense scandal and seriously compromise one of the reigning families of Europe. To speak plainly, the matter implicates the great House of Ormstein, hereditary kings of Bohemia.'

'I was also aware of that,' murmured Holmes, settling himself down in his armchair, and closing his eyes.

Our visitor glanced with some apparent surprise at the languid, lounging figure of the man who had been no doubt depicted to him as the most incisive reasoner, and most energetic agent in Europe. Holmes slowly reopened his eyes, and looked impatiently at his gigantic client.

Le comte haussa ses larges épaules. «Alors, dit-il, je dois commencer en vous liant tous les deux par le secret absolu pour deux ans; à la fin de cette période, l'affaire n'aura plus d'importance. Actuellement, ce n'est pas trop de dire qu'elle est d'un tel poids qu'elle peut avoir une influence sur l'histoire européenne.

–Je promets, dit Holmes.

–Et moi aussi.

–Vous excuserez ce masque, continua notre étrange visiteur. L'auguste personne qui m'emploie souhaite que son agent vous demeure inconnu, et je dois maintenant avouer que le titre sous lequel je me suis présenté n'est pas exactement le mien.

–Je le savais, dit Holmes sèchement.

–Les circonstances sont très délicates et toutes les précautions doivent être prises pour désamorcer ce qui pourrait devenir un immense scandale et compromettre sérieusement une des familles régnantes d'Europe. Pour parler clairement, l'affaire implique la Grande Maison d'Ormstein, les rois héréditaires de Bohême.

–Je savais cela aussi», murmura Holmes en s'installant dans son fauteuil et en fermant les yeux.

Notre visiteur regarda avec une surprise apparente l'air las, nonchalant de l'homme qui lui avait sans doute été dépeint comme le raisonneur le plus incisif et l'agent le plus énergique d'Europe. Holmes rouvrit lentement les yeux et regarda impatiemment son gigantesque client.

'If your Majesty would condescend to state your case,' he remarked, 'I should be better able to advise you.'

The man sprang from his chair, and paced up and down the room in uncontrollable agitation. Then, with a gesture of desperation, he tore the mask from his face and hurled it upon the ground. 'You are right,' he cried, 'I am the King. Why should I attempt to conceal it?'

'Why, indeed?' murmured Holmes. 'Your Majesty had not spoken before I was aware that I was addressing Wilhelm Gottsreich Sigismond von Ormstein, Grand Duke of Cassel-Falstein, and hereditary King of Bohemia.'

'But you can understand,' said our strange visitor, sitting down once more and passing his hand over his high, white forehead, 'you can understand that I am not accustomed to doing such business in my own person. Yet the matter was so delicate that I could not confide it to an agent without putting myself in his power. I have come *incognito* from Prague for the purpose of consulting you.'

'Then, pray consult,' said Holmes, shutting his eyes once more.

'The facts are briefly these: Some five years ago, during a lengthy visit to Warsaw, I made the acquaintance of the well-known adventuress Irene Adler. The name is no doubt familiar to you.'

'Kindly look her up in my index, Doctor,' murmured Holmes, without opening his eyes. For many years he had adopted a system of docketing all paragraphs concerning men and things,

« Si Votre Majesté voulait bien condescendre à exposer son cas, fit-il remarquer, je serais plus à même de l'aider. »

L'homme bondit de sa chaise et marcha de long en large dans la pièce, en proie à une agitation incontrôlable. Puis, avec un geste de désespoir, il arracha le masque de sa figure et le jeta violemment par terre. « Vous avez raison, cria-t-il, je suis le roi. Pourquoi devrais-je essayer de le dissimuler ?

– Pourquoi, en effet ? murmura Holmes. Votre Majesté n'avait pas parlé que déjà je savais que je m'adressais à Wilhelm Gottsreich Sigismond von Ormstein, grand-duc de Cassel-Falstein, et roi héréditaire de Bohême.

– Mais vous pouvez comprendre, dit notre étrange visiteur en s'asseyant à nouveau et en passant la main sur son haut front blanc, vous pouvez comprendre que je ne suis pas habitué à faire un tel travail moi-même. Pourtant le sujet est si délicat que je ne pouvais le confier à un agent sans me placer en son pouvoir. J'ai dû venir *incognito* de Prague dans le but de vous consulter.

– Alors, je vous en prie, consultez, dit Holmes en fermant une nouvelle fois les yeux.

– En bref, les faits sont les suivants : Il y a cinq ans, durant une longue visite à Varsovie, j'ai fait la connaissance d'une aventurière célèbre, Irène Adler. Le nom vous est sans doute familier.

– Vous voulez bien le chercher dans mon répertoire, docteur », murmura Holmes sans ouvrir les yeux. Depuis de nombreuses années il avait adopté un système d'archivage de tous les entrefilets concernant les hommes et les choses,

so that it was difficult to name a subject or a person on which he could not at once furnish information. In this case I found her biography sandwiched in between that of a Hebrew Rabbi and that of a staff-commander who had written a monograph upon the deep-sea fishes.

'Let me see,' said Holmes. 'Hum! Born in New Jersey in the year 1858. Contralto – hum! La Scala, hum! Prima donna Imperial Opera of Warsaw – Yes! Retired from operatic stage – ha! Living in London – quite so! Your Majesty, as I understand, became entangled with this young person, wrote her some compromising letters, and is now desirous of getting those letters back.'

'Precisely so. But how –'

'Was there a secret marriage?'

'None.'

'No legal papers or certificates?'

'None.'

'Then I fail to follow Your Majesty. If this young person should produce her letters for blackmailing or other purposes, how is she to prove their authenticity?'

'There is the writing.'

'Pooh, pooh! Forgery.'

'My private note-paper.'

'Stolen.'

'My own seal.'

'Imitated.'

'My photograph.'

'Bought.'

'We were both in the photograph.'

aussi il était difficile de nommer un sujet ou une personne sur lequel il ne puisse pas fournir d'information. Dans ce cas, je trouvai sa biographie intercalée entre celle d'un rabbin hébreux et celle d'un officier qui avait écrit une monographie sur les poissons des mers profondes.

« Laissez-moi voir, dit Holmes. Hum ! Née dans le New Jersey en l'an 1858. Contralto... hum ! La Scala, hum ! Prima donna à l'Opéra impérial de Varsovie... Oui ! Retirée de l'opéra... ha ! Vit à Londres... parfaitement ! Votre Majesté, si je comprends, s'est laissé entraîner par cette jeune personne, lui a écrit des lettres compromettantes et est maintenant désireuse de récupérer ces lettres.

– Précisément. Mais comment...

– Y a-t-il eu un mariage secret ?

– Aucun.

– Pas de papiers légaux ou certificats ?

– Aucun.

– Alors je n'arrive pas à suivre Votre Majesté. Si cette jeune personne produisait des lettres pour vous faire chanter ou dans d'autres buts, comment pourrait-elle prouver leur authenticité ?

– Il y a l'écriture.

– Allons, allons ! Falsification.

– Mon papier à lettres personnel.

– Volé.

– Mon propre sceau.

– Imité.

– Ma photographie.

– Achetée.

– Nous étions ensemble sur la photographie.

'Oh, dear! That is very bad! Your Majesty has indeed committed an indiscretion.'

'I was mad – insane.'

'You have compromised yourself seriously.'

'I was only Crown Prince then. I was young. I am but thirty now.'

'It must be recovered.'

'We have tried and failed.'

'Your Majesty must pay. It must be bought.'

'She will not sell.'

'Stolen, then.'

'Five attempts have been made. Twice burglars in my pay ransacked her house. Once we diverted her luggage when she travelled. Twice she has been waylaid. There has been no result.'

'No sign of it?'

'Absolutely none.'

Holmes laughed. 'It is quite a pretty little problem,' said he.

'But a very serious one to me,' returned the King, reproachfully.

'Very, indeed. And what does she propose to do with the photograph?'

'To ruin me.'

'But how?'

'I am about to be married.'

'So I have heard.'

'To Clotilde Lothman von Saxe-Meningen, second daughter of the King of Scandinavia. You may know the strict principles of her family. She is herself the very soul of delicacy. A shadow of a doubt as to my conduct would bring the matter to an end.'

– Oh, mon Dieu ! C'est très mauvais ! Votre Majesté a en effet commis une imprudence.

– J'étais fou… aliéné.

– Vous vous êtes gravement compromis.

– Je n'étais que prince héritier alors. J'étais jeune. J'ai seulement trente ans aujourd'hui.

– Il faut la récupérer.

– Nous avons essayé et échoué.

– Votre Majesté doit payer. Il faut l'acheter.

– Elle ne vendra pas.

– La voler, alors.

– Cinq tentatives ont été faites. Deux fois des cambrioleurs à ma solde ont mis sa maison à sac. Une fois nous avons subtilisé ses bagages quand elle était en voyage. Deux fois nous lui avons tendu un piège. Sans aucun résultat.

– Et aucun signe de la photographie ?

– Absolument aucun. »

Holmes rit. « C'est vraiment un joli petit problème, dit-il.

– Mais très sérieux pour moi, répliqua le roi avec reproche.

– Très, en effet. Et que se propose-t-elle de faire avec la photographie ?

– Me ruiner.

– Mais comment ?

– Je suis sur le point de me marier.

– C'est ce que j'ai entendu dire.

– Avec Clotilde Lothman von Saxe-Meningen, seconde fille du roi de Scandinavie. Vous connaissez peut-être les principes stricts de sa famille. Elle est elle-même l'âme de la délicatesse. L'ombre d'un doute quant à ma conduite mènerait l'affaire à sa fin.

'And Irene Adler?'

'Threatens to send them the photograph. And she will do it. I know that she will do it. You do not know her, but she has a soul of steel. She has the face of the most beautiful of women, and the mind of the most resolute of men. Rather than I should marry another woman, there are no lengths to which she would not go – none.'

'You are sure that she has not sent it yet?'

'I am sure.'

'And why?'

'Because she has said that she would send it on the day when the betrothal was publicly proclaimed. That will be next Monday.'

'Oh, then, we have three days yet,' said Holmes, with a yawn. 'That is very fortunate, as I have one or two matters of importance to look into just at present. Your Majesty will, of course, stay in London for the present?'

'Certainly. You will find me at the Langham, under the name of the Count von Kramm.'

'Then I shall drop you a line to let you know how we progress.'

'Pray do so. I shall be all anxiety.'

'Then, as to money?'

'You have *carte blanche.*'

'Absolutely?'

'I tell you that I would give one of the provinces of my kingdom to have that photograph.'

'And for present expenses?'

The King took a heavy chamois leather bag from under his cloak, and laid it on the table.

– Et Irène Adler ?

– Elle menace de leur envoyer la photographie. Et elle le fera. Je sais qu'elle le fera. Vous ne la connaissez pas, mais elle a une âme d'acier. Elle a le visage de la plus belle des femmes et l'esprit du plus résolu des hommes. Plutôt que j'épouse une autre femme, il n'y a aucune extrémité qu'elle n'atteindrait pas – aucune.

– Vous êtes sûr qu'elle ne l'a pas déjà envoyée ?

– Je suis sûr.

– Et pourquoi ?

– Parce qu'elle a dit qu'elle l'enverrait le jour où les fiançailles seraient rendues publiques. Ce sera lundi prochain.

– Oh, alors, nous avons trois jours, dit Holmes avec un bâillement. C'est très bien, car j'ai un ou deux problèmes importants à voir maintenant. Votre Majesté restera, bien sûr, à Londres pour le moment ?

– Certainement. Vous me trouverez au Langham, sous le nom de "Comte von Kramm."

– Alors je vous mettrai un mot pour vous faire savoir comment nous progressons.

– Faites ainsi, je vous prie. Je ne serai qu'anxiété.

– Alors, quant à l'argent ?

– Vous avez *carte blanche.*

– Absolument ?

– Je vous dis que je donnerais une province de mon royaume pour avoir cette photographie.

– Et pour les dépenses du moment ? »

Le roi prit un lourd sac en cuir de chamois sous son manteau et le posa sur la table.

'There are three hundred pounds in gold, and seven hundred in notes,' he said.

Holmes scribbled a receipt upon a sheet of his notebook, and handed it to him.

'And mademoiselle's address?' he asked.

'Is Briony Lodge, Serpentine Avenue, St John's Wood.'

Holmes took a note of it. 'One other question,' said he. 'Was the photograph a cabinet?'

'It was.'

'Then, good night, Your Majesty, and I trust that we shall soon have some good news for you. And good night, Watson,' he added, as the wheels of the Royal brougham rolled down the street. 'If you will be good enough to call tomorrow afternoon, at three o'clock, I should like to chat this little matter over with you.'

2

At three o'clock precisely I was at Baker Street, but Holmes had not yet returned. The landlady informed me that he had left the house shortly after eight o'clock in the morning. I sat down beside the fire, however, with the intention of awaiting him, however long he might be. I was already deeply interested in his inquiry, for, though it was surrounded by none of the grim and strange features which were associated with the two crimes which I have elsewhere recorded, still, the nature of the case and the exalted station of

« Il y a trois cents livres en or et sept cents en billets », dit-il.

Holmes griffonna un reçu sur une feuille de son carnet et le lui tendit.

« Et l'adresse de mademoiselle ? demanda-t-il.

– Est Briony Lodge, Serpentine Avenue, St John's Wood. »

Holmes la nota. « Une autre question, dit-il. La photographie était-elle de la taille d'un album ?

– Elle l'était.

– Alors, bonsoir, Votre Majesté, et je crois que nous devrions bientôt avoir de bonnes nouvelles pour vous. Et bonsoir Watson, ajouta-t-il, tandis que les roues du coupé royal descendaient la rue. Si vous êtes assez bon pour passer demain après-midi, à trois heures, j'aimerais avoir une conversation avec vous sur ce petit problème. »

2

À trois heures précises, j'étais à Baker Street, mais Holmes n'était pas encore rentré. La propriétaire m'apprit qu'il avait quitté la maison un peu après huit heures du matin. Cependant, je m'assis à côté du feu avec l'intention de l'attendre, si long que ce soit. J'étais déjà profondément intéressé par son enquête, car, bien qu'elle ne soit entourée d'aucun des détails sinistres et étranges qui étaient associés aux deux crimes que j'ai rapportés ailleurs[1], cependant la nature de l'affaire et la haute position de

1. Cf. *A Study in Scarlet* et *The Sign of Four.*

his client gave it a character of its own. Indeed, apart from the nature of the investigation which my friend had on hand, there was something in his masterly grasp of a situation, and his keen, incisive reasoning, which made it a pleasure to me to study his system of work, and to follow the quick, subtle methods by which he disentangled the most inextricable mysteries. So accustomed was I to his invariable success that the very possibility of his failing had ceased to enter into my head.

It was close upon four before the door opened, and a drunken-looking groom, ill-kempt and side-whiskered with an inflamed face and disreputable clothes, walked into the room. Accustomed as I was to my friend's amazing powers in the use of disguises, I had to look three times before I was certain that it was indeed he. With a nod he vanished into the bedroom, whence he emerged in five minutes tweed-suited and respectable, as of old. Putting his hands into his pockets, he stretched out his legs in front of the fire, and laughed heartily for some minutes.

'Well, really!' he cried, and then he choked; and laughed again until he was obliged to lie back, limp and helpless, in the chair.

'What is it?'

'It's quite too funny. I am sure you could never guess how I employed my morning, or what I ended by doing.'

'I can't imagine. I suppose that you have been watching the habits, and perhaps the house, of Miss Irene Adler.'

son client lui donnaient un caractère propre. En effet, à part la nature de l'investigation que mon ami avait en main, il y avait quelque chose dans sa compréhension magistrale de la situation et dans son raisonnement pénétrant et incisif qui faisait que c'était un plaisir pour moi d'étudier son système de travail et de suivre les méthodes subtiles et rapides grâce auxquelles il démêlait les mystères les plus enchevêtrés. J'étais si habitué à son succès invariable que la possibilité de son échec avait cessé de me venir à l'esprit.

Il était presque quatre heures quand la porte s'ouvrit, et un domestique à l'air ivre, déplaisant, pourvu de favoris, doté d'un visage enflammé et vêtu de manière louche, pénétra dans la pièce. Bien qu'habitué aux surprenants pouvoirs de mon ami pour utiliser les déguisements, je dus regarder trois fois avant d'être certain que c'était vraiment lui. Avec un signe de la tête, il disparut dans la chambre d'où il ressortit cinq minutes plus tard vêtu de tweed et respectable, comme toujours. Enfonçant les mains dans ses poches, il étendit les jambes devant le feu et rit de bon cœur pendant quelques minutes.

« Eh bien, vraiment », cria-t-il, et il s'étrangla ; il rit à nouveau jusqu'à ce qu'il soit obligé de se renverser, sans énergie et impuissant, dans la chaise.

« Qu'y a-t-il ?

– C'est vraiment trop drôle. Je suis sûr que vous ne devinerez jamais comment j'ai employé ma matinée ou ce que j'ai fini par faire.

– Je ne peux pas imaginer. Je suppose que vous avez surveillé les habitudes, et peut-être la maison, de miss Irène Adler.

'Quite so, but the sequel was rather unusual. I will tell you, however. I left the house a little after eight o'clock this morning, in the character of a groom out of work. There is a wonderful sympathy and freemasonry among horsey men. Be one of them, and you will know all that there is to know. I soon found Briony Lodge. It is a bijou villa, with a garden at the back, but built out in front right up to the road, two stories. Chubb lock to the door. Large sitting-room on the right side, well-furnished, with long windows almost to the floor, and those preposterous English window fasteners which a child could open. Behind there was nothing remarkable, save that the passage window could be reached from the top of the coach-house. I walked round it and examined it closely from every point of view, but without noting anything else of interest.

'I then lounged down the street, and found, as I expected, that there was a mews in a lane which runs down by one wall of the garden. I lent the ostlers a hand in rubbing down their horses, and I received in exchange twopence, a glass of half-and-half, two fills of shag tobacco and as much information as I could desire about Miss Adler, to say nothing of half a dozen other people in the neighbourhood in whom I was not in the least interested, but whose biographies I was compelled to listen to.'

– Parfaitement, mais la suite fut assez inhabituelle. Je vais vous raconter, cependant. J'ai quitté la maison un peu après huit heures ce matin, dans le rôle d'un domestique sans emploi. Il y a une extraordinaire sympathie et fraternité entre les passionnés de chevaux. Soyez l'un d'eux et vous saurez tout ce qu'il y a à savoir. J'ai vite trouvé Briony Lodge. C'est un bijou de villa, avec un jardin derrière, mais construite juste sur la rue, deux étages[1]. Grosse serrure sur la porte. Grand salon sur le côté droit, bien meublé, avec de longues fenêtres jusqu'au sol, et ces absurdes fermetures de fenêtre anglaises qu'un enfant pourrait ouvrir. Derrière, il n'y a rien de remarquable sauf que la fenêtre du passage pourrait être atteinte du toit de la remise. J'ai marché autour et l'ai examinée de près de chaque point de vue, mais il n'y avait rien d'autre d'intéressant.

« J'ai ensuite longé la rue et trouvé, comme je m'y attendais, une écurie dans la ruelle qui borde l'un des murs du jardin. J'ai donné un coup de main aux palefreniers pour bichonner leurs chevaux, et j'ai reçu en échange deux pences, un verre de bière[2], deux mesures de tabac[3] grossier et autant d'informations que je pouvais en désirer sur miss Adler, pour ne rien dire d'une demi-douzaine d'autres personnes du voisinage par lesquelles je n'étais pas du tout intéressé, mais dont j'ai dû écouter les biographies.

1. *Story = storey* : étage.
2. *A glass of half-and-half* : un verre de porter (bière brune) et d'ale (bière blonde) mélangés à quantités égales.
3. *A fill of tobacco* : quantité nécessaire pour remplir une pipe.

'And what of Irene Adler?' I asked.

'Oh, she has turned all the men's heads down in that part. She is the daintiest thing under a bonnet on this planet. So say the Serpentine Mews, to a man. She lives quietly, sings at concerts, drives out at five every day, and returns at seven sharp for dinner. Seldom goes out at other times, except when she sings. Has only one male visitor, but a good deal of him. He is dark, handsome, and dashing; never calls less than once a day, and often twice. He is a Mr Godfrey Norton, of the Inner Temple. See the advantages of a cabman as a confidant. They had driven him home a dozen times from Serpentine Mews, and knew all about him. When I had listened to all that they had to tell, I began to walk up and down near Briony Lodge once more, and to think over my plan of campaign.

'This Godfrey Norton was evidently an important factor in the matter. He was a lawyer. That sounded ominous. What was the relation between them, and what the object of his repeated visits? Was she his client, his friend, or his mistress? If the former, she had probably transferred the photograph to his keeping. If the latter, it was less likely. On the issue of this question depended whether I should continue my work at Briony Lodge, or turn my attention to the gentleman's chambers in the Temple. It was a delicate point, and it widened the field of my inquiry. I fear that I bore you with these details, but I have to let you see my little difficulties, if you are to understand the situation.'

– Et qu'en est-il d'Irène Adler ? demandai-je.

– Oh, elle a tourné la tête à tous les hommes du coin. Elle est la plus jolie chose sous un chapeau sur cette planète. C'est ce qu'on dit dans les Écuries de Serpentine, à un homme. Elle vit tranquillement, chante à des concerts, sort tous les jours à cinq heures et rentre à sept heures juste pour le dîner. Sort rarement à d'autres moments, excepté quand elle chante. A seulement un visiteur masculin, mais très présent. Il est brun, élégant et impétueux ; n'appelle jamais moins d'une fois par jour, et souvent deux fois. C'est Mr. Godfrey Norton, de Inner Temple. Voyez les avantages d'être le confident d'un cocher. Ils l'avaient reconduit une douzaine de fois de Serpentine Mews et savaient tout de lui. Quand j'ai eu écouté tout ce qu'ils avaient à dire, j'ai commencé à marcher vers Briony Lodge une nouvelle fois et à penser à mon plan de campagne.

« Ce Godfrey Norton était évidemment un facteur important dans le problème. Il était homme de loi. Cela semblait de mauvais augure. Quelle était la relation entre eux et quel était l'objet de ses visites répétées ? Était-elle sa cliente, son amie ou sa maîtresse ? Dans le premier cas, elle avait probablement confié la photographie à ses soins. Dans le second, c'était moins vraisemblable. De la réponse à cette question dépendait si je devais continuer mon travail à Briony Lodge, ou tourner mon attention vers l'appartement du monsieur à Temple. C'était un point délicat et cela élargissait le champ de mes recherches. Je crains de vous ennuyer avec ces détails, mais je dois vous montrer toutes mes petites difficultés si vous voulez comprendre la situation.

'I am following you closely,' I answered.

'I was still balancing the matter in my mind when a hansom cab drove up to Briony Lodge, and a gentleman sprang out. He was a remarkably handsome man, dark, aquiline, and moustached – evidently the man of whom I had heard. He appeared to be in a great hurry, shouted to the cabman to wait, and brushed past the maid who opened the door with the air of a man who was thoroughly at home.

'He was in the house about half an hour, and I could catch glimpses of him, in the windows of the sitting-room, pacing up and down, talking excitedly and waving his arms. Of her I could see nothing. Presently he emerged, looking even more flurried than before. As he stepped up to the cab, he pulled a gold watch from his pocket and looked at it earnestly, "Drive like the devil", he shouted, "first to Gross and Hankey's in Regent Street, and then to the church of St Monica in the Edgware Road. Half a guinea if you do it in twenty minutes!"

'Away they went, and I was just wondering whether I should not do well to follow them, when up the lane came a neat little landau, the coachman with his coat only half buttoned, and his tie under his ear, while all the tags of his harness were sticking out of the buckles. It hadn't pulled up before she shot out of the hall door and into it. I only caught a glimpse of her at the moment, but she was a lovely woman, with a face that a man might die for.

'"The Church of St Monica, John," she cried,

–Je vous suis de près, répondis-je.

–Je pesais encore le problème dans mon esprit quand un fiacre arriva à Briony Lodge et un monsieur en bondit. C'était un homme remarquablement élégant, brun, aquilin et moustachu – à l'évidence l'homme dont j'avais entendu parler. Il semblait être très pressé, cria au conducteur d'attendre et bouscula la bonne qui ouvrait la porte, avec l'air d'un homme qui est complètement chez lui.

« Il resta dans la maison environ une demi-heure et je pus l'apercevoir, par les fenêtres du salon, marcher de long en large, parler avec excitation et agiter les bras. D'elle je ne pus rien voir. Bientôt il sortit, semblant encore plus agité qu'avant. Comme il montait dans le fiacre, il tira une montre en or de sa poche et la regarda gravement. "Conduisez comme le diable, hurla-t-il, d'abord chez Gross and Hankey's dans Regent Street et ensuite à l'église Sainte-Monique dans Edgware Road. Une demi-guinée si vous le faites en vingt minutes !"

« Ils partirent, et j'étais en train de me demander si je ne ferais pas bien de les suivre quand arriva dans la ruelle un joli petit landau, le cocher avec son manteau seulement à moitié boutonné et la cravate sous l'oreille, tandis que les bouts du harnais dépassaient des boucles. Il n'était pas arrêté qu'elle jaillit de la porte d'entrée et monta dedans. Je ne l'entrevis qu'un instant, mais elle était une adorable femme pour le visage de laquelle un homme pourrait mourir.

« "À l'église Sainte-Monique, John, cria-t-elle,

"and half a sovereign if you reach it in twenty minutes."

'This was quite too good to lose, Watson. I was just balancing whether I should run for it, or whether I should perch behind her landau, when a cab came through the street. The driver looked twice at such a shabby fare; but I jumped in before he could object. "The Church of St Monica," said I, "and half a sovereign if you reach it in twenty minutes." It was twenty-five minutes to twelve, and of course it was clear enough what was in the wind.

'My cabby drove fast. I don't think I ever drove faster, but the others were there before us. The cab and the landau with their steaming horses were in front of the door when I arrived. I paid the man and hurried into the church. There was not a soul there save the two whom I had followed, and a surpliced clergyman, who seemed to be expostulating with them. They were all three standing in a knot in front of the altar. I lounged up the side aisle like any other idler who has dropped into a church. Suddenly, to my surprise, the three at the altar faced round to me, and Godfrey Norton came running as hard as he could towards me.

'"Thank God!" he cried. "you'll do. Come! Come!"

'"What then?" I asked.

'"Come, man come, only three minutes, or it won't be legal."

'I was half dragged up to the altar, and before I knew where I was, I found myself mumbling

et un demi-souverain si vous y êtes en vingt minutes."

« C'était vraiment trop beau pour rater l'occasion, Watson. J'étais en train d'hésiter pour savoir si je courrais derrière ou si je m'accrocherais au landau, quand un fiacre arriva dans la rue. Le cocher regarda à deux fois un voyageur de si piètre gain ; mais je sautai dedans avant qu'il ait pu faire une objection. "L'église Sainte-Monique, dis-je, et un demi-souverain si vous y êtes en vingt minutes." Il était midi moins vingt-cinq et bien sûr ce qui était dans l'air était assez évident.

« Mon cocher conduisit vite. Je ne crois pas avoir jamais été conduit plus vite, mais les autres y furent avant nous. Le fiacre et le landau, avec leurs chevaux écumants, étaient devant la porte quand j'arrivai. Je payai l'homme et me précipitai dans l'église. Il n'y avait pas une âme sauf les deux que je suivais et un pasteur en surplis qui semblait être en train de les réprimander. Ils se tenaient tous les trois en groupe devant l'autel. Je marchai dans la nef comme n'importe quel flâneur qui a atterri dans une église. Soudain, à ma surprise, les trois devant l'autel se tournèrent vers moi et Godfrey Norton vint à ma rencontre en courant aussi vite qu'il le pouvait.

« "Dieu merci ! cria t-il. Vous conviendrez. Venez ! venez !

« – Alors quoi ? demandai-je.

« – Venez, bonhomme, venez, seulement trois minutes, ou ce ne sera pas légal."

« Je fus à moitié traîné vers l'autel et, avant que je sache où j'étais, je me retrouvai à marmonner

responses which were whispered in my ear, and vouching for things of which I knew nothing, and generally assisting in the secure tying up of Irene Adler, spinster, to Godfrey Norton, bachelor. It was all done in an instant, and there was the gentleman thanking me on the one side and the lady on the other, while the clergyman beamed on me in front. It was the most preposterous position in which I ever found myself in my life, and it was the thought of it that started me laughing just now. It seems that there had been some informality about their licence, that the clergyman absolutely refused to marry them without a witness of some sort, and that my lucky appearance saved the bridegroom from having to sally out into the streets in search of a best man. The bride gave me a sovereign, and I mean to wear it on my watch-chain in memory of the occasion.'

'This is a very unexpected turn of affairs,' said I; 'and what then?'

'Well, I found my plans very seriously menaced. It looked as if the pair might take an immediate departure, and so necessitate very prompt and energetic measures on my part. At the church door, however, they separated, he driving back to the Temple, and she to her own house. "I shall drive out in the Park at five as usual," she said as she left him. I heard no more. They drove away in different directions, and I went off to make my own arrangements.'

'Which are?'

'Some cold beef and a glass of beer,' he answered, ringing the bell. 'I have been too busy to

les réponses qui m'étaient chuchotées à l'oreille et à affirmer des choses dont je ne savais rien ; en gros, à aider à nouer le lien entre Irène Adler, demoiselle, et Godfrey Norton, célibataire. Tout fut fait en un instant et il y eut le monsieur qui me remerciait d'un côté, la dame de l'autre, et le pasteur qui me regardait avec bienveillance au milieu. C'était la situation la plus absurde dans laquelle je me sois jamais trouvé de ma vie, et c'est cette pensée qui m'a fait rire juste maintenant. Il semble qu'il y ait eu des irrégularités dans leur dispense, que le pasteur ait refusé absolument de les marier sans un témoin quelconque et que mon heureuse apparition ait évité au jeune marié de courir dans les rues à la recherche d'un garçon d'honneur. La jeune épouse m'a donné un souverain, et je veux le porter sur ma chaîne de montre en souvenir de l'occasion.

– C'est un tour vraiment inattendu dans l'affaire, dis-je ; et quoi ensuite ?

– Eh bien, j'ai trouvé mes plans très sérieusement menacés. Il semblait que le couple pouvait partir immédiatement et cela nécessitait des mesures très promptes et énergiques de ma part. Cependant, à la porte de l'église, ils se séparèrent, lui rentrant à Temple et elle chez elle. "Je viendrai au Parc à cinq heures comme d'habitude", dit-elle en le quittant. Je n'en entendis pas plus. Ils partirent dans des directions différentes et je partis pour prendre mes propres dispositions.

– Qui sont ?

– Du bœuf froid et un verre de bière, répondit-il en tirant la sonnette. J'ai été trop occupé pour

think of food, and I am likely to be busier still this evening. By the way, Doctor, I shall want your cooperation.'

'I shall be delighted.'

'You don't mind breaking the law?'

'Not in the least.'

'Nor running a chance of arrest?'

'Not in a good cause.'

'Oh, the cause is excellent!'

'Then I am your man.'

'I was sure that I might rely on you.'

'But what is it you wish?'

'When Mrs Turner has brought in the tray I will make it clear to you. Now,' he said, as he turned hungrily on the simple fare that our landlady had provided, 'I must discuss it while I eat, for I have not much time. It is nearly five now. In two hours we must be on the scene of action. Miss Irene, or Madame, rather, returns from her drive at seven. We must be at Briony Lodge to meet her.'

'And what then?'

'You must leave that to me. I have already arranged what is to occur. There is only one point on which I must insist. You must not interfere, come what may. You understand?'

'I am to be neutral?'

'To do nothing whatever. There will probably be some small unpleasantness. Do not join in it. It will end in my being conveyed into the house. Four or five minutes afterwards the sitting-room window will open.

penser à la nourriture, et je serai probablement encore plus occupé ce soir. À propos, docteur, j'aimerais avoir votre coopération.

– J'en serais ravi.

– Cela ne vous gêne pas de violer la loi?

– Pas le moins du monde.

– Ni de courir le risque d'être arrêté?

– Pas pour une bonne cause.

– Oh, la cause est excellente!

– Alors, je suis votre homme.

– J'étais sûr que je pourrais compter sur vous.

– Mais que désirez-vous?

– Quand Mrs. Turner aura apporté le plateau, je vous l'expliquerai. Maintenant», dit-il tandis qu'il se tournait, affamé, vers la nourriture simple qu'avait déposée notre propriétaire, «je dois en discuter pendant que je mange car je n'ai pas beaucoup de temps. Il est presque cinq heures. Dans deux heures nous devons être sur le lieu de l'action. Miss Irène, ou Madame plutôt, revient de sa promenade à sept heures. Nous devons être à Briony Lodge pour l'y rencontrer.

– Et quoi alors?

– Vous devez me laisser ça. J'ai déjà arrangé ce qui doit arriver. Il y a un seul point sur lequel j'insiste. Vous ne devez pas intervenir, quoi qu'il advienne. Vous comprenez?

– Je dois être neutre?

– Ne rien faire quoi qu'il arrive. Il y aura probablement de petits désagréments. Ne vous en mêlez pas. Cela finira quand on me transportera dans la maison. Quatre ou cinq minutes plus tard la fenêtre du salon sera ouverte.

You are to station yourself close to that open window.'

'Yes.'

'You are to watch me, for I will be visible to you.'

'Yes.'

'And when I raise my hand – so – you will throw into the room what I give you to throw, and will, at the same time, raise the cry of fire. You quite follow me?'

'Entirely.'

'It is nothing very formidable,' he said, taking a long cigar-shaped roll from his pocket. 'It is an ordinary plumber's smoke rocket, fitted with a cap at either end to make it self-lighting. Your task is confined to that. When you raise your cry of fire, it will be taken up by quite a number of people. You may then walk to the end of the street, and I will rejoin you in ten minutes. I hope that I have made myself clear?'

'I am to remain neutral, to get near the window, to watch you, and, at the signal, to throw in this object, then to raise the cry of fire, and to await you at the corner of the street.'

'Precisely.'

'Then you may entirely rely on me.'

'That is excellent. I think perhaps it is almost time that I prepared for the new role I have to play.'

He disappeared into his bedroom, and returned in a few minutes in the character of an amiable and simple-minded Non-conformist clergyman.

Vous devez rester près de cette fenêtre ouverte.
–Oui.
–Vous devrez me regarder, car je serai visible de vous.
–Oui.
–Et quand je lèverai la main – ainsi – vous jetterez dans la pièce ce que je vous donne à jeter et, au même moment, vous crierez au feu. Vous me suivez à peu près?
–Entièrement.
–Ce n'est rien de bien terrible, dit-il, en prenant un long étui à cigare dans sa poche. C'est une banale fusée fumigène de plombier, ajustée avec une calotte à chaque bout pour qu'elle s'allume toute seule. Votre tâche se réduit à cela. Quand vous crierez au feu, ce sera repris par un certain nombre de personnes. Vous pourrez alors descendre la rue et je vous rejoindrai après une dizaine de minutes. J'espère que j'ai été clair?
–Je dois rester neutre, me mettre près de la fenêtre, vous regarder et, au signal, jeter cet objet, ensuite crier au feu et vous attendre au coin de la rue.
–Précisément.
–Alors vous pouvez compter entièrement sur moi.
–C'est excellent. Je pense qu'il est grand temps que je me prépare pour le nouveau rôle que je dois jouer.»

Il disparut dans sa chambre et revint au bout de quelques minutes dans le personnage d'un pasteur non conformiste, aimable et naïf.

His broad black hat, his baggy trousers, his white tie, his sympathetic smile, and general look of peering and benevolent curiosity, were such as Mr John Hare alone could have equalled. It was not merely that Holmes changed his costume. His expression, his manner, his very soul seemed to vary with every fresh part that he assumed. The stage lost a fine actor, even as science lost an acute reasoner, when he became a specialist in crime.

It was a quarter past six when we left Baker Street, and it still wanted ten minutes to the hour when we found ourselves in Serpentine Avenue. It was already dusk, and the lamps were just being lighted as we paced up and down in front of Briony Lodge, waiting for the coming of its occupant. The house was just such as I had pictured it from Sherlock Holmes's succinct description, but the locality appeared to be less private than I expected. On the contrary, for a small street in a quiet neighbourhood, it was remarkably animated. There was a group of shabbily-dressed men smoking and laughing in a corner, a scissors-grinder with his wheel, two guardsmen who were flirting with a nurse-girl, and several well-dressed young men who were lounging up and down with cigars in their mouths.

'You see,' remarked Holmes, as we paced to and fro in front of the house,

Son large chapeau noir, son pantalon déformé, sa cravate blanche, son sourire compatissant et son apparence générale de curiosité attentive et bienveillante étaient tels que seul Mr. John Hare[1] l'aurait égalé. Il n'était pas rare que Holmes changeât de costume. Son expression, sa façon d'être, son âme même semblaient varier avec chaque nouveau rôle qu'il endossait. La scène a perdu un grand acteur, de même que la science a perdu un raisonneur aiguisé, quand il est devenu un spécialiste du crime.

Il était six heures et quart quand nous quittâmes Baker Street, et il manquait dix minutes à l'heure quand nous nous trouvâmes dans Serpentine Avenue. C'était déjà le crépuscule et les lampadaires étaient en train d'être allumés pendant que nous marchions de long en large devant Briony Lodge en attendant l'arrivée de son occupante. La maison était juste comme je l'avais imaginée d'après la description succincte de Sherlock Holmes, mais le site apparaissait moins intime que je ne m'y attendais. Au contraire, pour une petite rue dans un voisinage tranquille, c'était remarquablement animé. Il y avait un groupe d'hommes pauvrement vêtus qui fumaient et riaient dans un coin, un rémouleur avec sa roue, deux gardes qui contaient fleurette à une bonne d'enfant, et plusieurs jeunes gens bien habillés qui flânaient avec des cigares à la bouche.

« Vous voyez, remarqua Holmes tandis que nous marchions de long en large devant la maison,

1. John Hare (1844-1921) : grand comédien anglais, surtout célèbre pour ses rôles de vieil homme. Il fut annobli en 1907.

'this marriage rather simplifies matters. The photograph becomes a double-edged weapon now. The chances are that she would be as averse to its being seen by Mr Godfrey Norton, as our client is to its coming to the eyes of his Princess. Now the question is – Where are we to find the photograph?'

'Where, indeed?'

'It is most unlikely that she carries it about with her. It is cabinet size. Too large for easy concealment about a woman's dress. She knows that the King is capable of having her waylaid and searched. Two attempts of the sort have already been made. We may take it then that she does not carry it about with her.'

'Where, then?'

'Her banker or her lawyer. There is that double possibility. But I am inclined to think neither. Women are naturally secretive, and they like to do their own secreting. Why should she hand it over to anyone else? She could trust her own guardianship, but she could not tell what indirect or political influence might be brought to bear upon a businessman. Besides, remember that she had resolved to use it within a few days. It must be where she can lay her hands upon it. It must be in her own house.'

'But it has twice been burgled.'

'Pshaw! They did not know how to look.'

'But how will you look?'

'I will not look.'

ce mariage simplifie plutôt le problème La photographie devient une arme à double tranchant maintenant. Il y a des chances pour qu'elle répugne à ce que Mr. Godfrey Norton la voie, tout comme notre client répugne à ce qu'elle vienne aux yeux de sa princesse. Maintenant la question est : où allons-nous trouver la photographie ?

– Où, en effet ?

– Il est très improbable qu'elle la porte sur elle. Elle est de la taille d'un album. Trop grande pour une cachette facile dans une robe de femme. Elle sait que le roi est capable de lui tendre un piège et la faire fouiller. Deux tentatives de la sorte ont déjà été faites. Nous pouvons considérer qu'elle ne la porte pas sur elle.

– Alors où ?

– Son banquier ou son homme de loi. Il y a cette double possibilité. Mais j'incline à ne croire ni à l'une ni à l'autre. Les femmes sont naturellement cachottières et elles aiment avoir leurs propres cachettes secrètes. Pourquoi devrait-elle la confier à quelqu'un d'autre ? Elle aurait pu n'avoir confiance qu'en elle-même, ne sachant pas quelle influence indirecte ou politique pourrait être exercée sur un homme d'affaires. En outre, souvenez-vous qu'elle avait résolu de s'en servir dans quelques jours. Elle doit être à portée de main [1]. Ce doit être dans sa propre maison.

– Mais elle a été cambriolée deux fois.

– Bah ! Ils ne savaient pas où chercher.

– Mais comment chercherez-vous ?

– Je ne chercherai pas.

1. *Where she can lay her hands upon* : littéralement, là où elle peut poser ses mains dessus.

'What then?'
'I will get her to show me.'
'But she will refuse.'
'She will not be able to. But I hear the rumble of wheels. It is her carriage. Now carry out my orders to the letter.'

As he spoke, the gleam of the sidelights of a carriage came round the curve of the avenue. It was a smart little landau which rattled up to the door of Briony Lodge. As it pulled up, one of the loafing men at the corner dashed forward to open the door in the hope of earning a copper, but was elbowed away by another loafer who had rushed up with the same intention. A fierce quarrel broke out, which was increased by the two guardsmen, who took sides with one of the loungers, and by the scissors-grinder, who was equally hot upon the other side. A blow was struck, and in an instant the lady, who had stepped from her carriage, was the centre of a little knot of flushed and struggling men who struck savagely at each other with their fists and sticks. Holmes dashed into the crowd to protect the lady; but just as he reached her, he gave a cry and dropped to the ground, with the blood running freely down his face. At his fall the guardsmen took to their heels in one direction and the loungers in the other, while a number of better dressed people who had watched the scuffle without taking part in it, crowded in to help the lady and to attend to the injured man. Irene Adler, as I will still call her, had hurried up the steps; but she stood at the top with her superb figure outlined against the lights of the hall, looking back into the street.

– Alors quoi ?
– Je l'amènerai à me la montrer.
– Mais elle refusera.
– Elle n'en sera pas capable. Mais j'entends le grondement de roues. C'est son attelage. Maintenant suivez mes ordres à la lettre. »

Pendant qu'il parlait, la lueur des feux de côté d'un attelage arriva dans le tournant de l'avenue. C'était un ravissant petit landau qui roula bruyamment jusque devant la porte de Briony Lodge. Comme il s'arrêtait, un des hommes qui flânaient au coin s'élança pour ouvrir la portière, dans l'espoir de gagner une pièce, mais il fut écarté du coude par un autre flâneur qui s'était précipité avec la même intention. Une violente querelle éclata et fut attisée par les deux gardes qui prirent parti pour l'un des flâneurs, et par le rémouleur qui s'échauffait pour l'autre. Un coup fut donné, et en un instant la dame, qui était descendue de son attelage, fut au centre d'un petit groupe d'hommes empourprés et luttant, qui frappaient sauvagement les uns sur les autres avec leurs poings et leurs cannes. Holmes s'élança dans la foule pour protéger la dame, mais comme il arrivait près d'elle, il poussa un cri et tomba à terre avec du sang ruisselant abondamment le long de son visage. À sa chute, les gardes prirent leurs jambes à leur cou dans une direction et les flâneurs dans l'autre, pendant que plusieurs des personnes mieux habillées qui avaient regardé la bagarre sans y prendre part accoururent pour aider la dame et secourir l'homme blessé. Irène Adler, comme je continuerai à l'appeler, s'était précipitée sur les marches ; mais elle se tenait en haut, sa magnifique silhouette soulignée par les lumières de l'entrée, et regardait dans la rue.

'Is the poor gentleman much hurt?' she asked.

'He is dead,' cried several voices.

'No, no, there's life in him,' shouted another. 'But he'll be gone before you can get him to hospital.'

'He's a brave fellow,' said a woman. 'They would have had the lady's purse and watch if it hadn't been for him. They were a gang, and a rough one, too. Ah, he's breathing now.'

'He can't lie in the street. May we bring him in, marm?'

'Surely. Bring him into the sitting-room. There is a comfortable sofa. This way, please!'

Slowly and solemnly he was borne into Briony Lodge, and laid out in the principal room, while I still observed the proceedings from my post by the window. The lamps had been lit, but the blinds had not been drawn, so that I could see Holmes as he lay upon the couch. I do not know whether he was seized with compunction at that moment for the part he was playing, but I know that I never felt more heartily ashamed of myself in my life than when I saw the beautiful creature against whom I was conspiring, or the grace and kindliness with which she waited upon the injured man. And yet it would be the blackest treachery to Holmes to draw back now from the part which he had entrusted to me. I hardened my heart and took the smoke rocket from under my ulster. After all, I thought, we are not injuring her. We are but preventing her from injuring another.

« Le pauvre monsieur est-il très blessé ? demanda-t-elle.

– Il est mort, crièrent plusieurs voix.

– Non, non, il vit encore, cria une autre. Mais il sera parti avant que vous ayez pu l'emmener à l'hôpital.

– C'est un galant homme, dit une femme. Ils auraient pris le sac de la dame et sa montre s'il n'avait pas été là. C'était une bande, et une brutale, aussi. Ah, il respire maintenant.

– Il ne peut pas rester allongé dans la rue. Peut-on l'amener dedans, m'dame[1] ?

– Bien sûr. Amenez-le dans le salon. Il y a un canapé confortable. Par ici, s'il vous plaît. »

Doucement et solennellement il fut porté dans Briony Lodge et allongé dans la pièce principale, pendant que j'observais les événements de mon poste près de la fenêtre. On avait allumé les lampes, mais les rideaux n'avaient pas été tirés, aussi je pouvais voir Holmes alors qu'il était allongé sur le canapé. Je ne sais pas s'il fut saisi de remords à ce moment pour le rôle qu'il jouait, mais je sais que je ne m'étais jamais senti aussi sincèrement honteux de moi dans ma vie que quand je vis la ravissante créature contre laquelle je conspirais, et la grâce et la gentillesse avec lesquelles elle attendait près de l'homme blessé. Et pourtant cela aurait été la plus noire trahison envers Holmes d'abandonner maintenant la tâche qu'il m'avait confiée. Je durcis mon cœur et pris la fusée fumigène sous mon pardessus. Après tout, pensai-je, nous ne la blessons pas. Nous l'empêchons de blesser quelqu'un d'autre.

1. *Marm* = *ma'am*, altération de *madam*.

Holmes had sat up upon the couch, and I saw him motion like a man who is in want of air. A maid rushed across and threw open the window. At the same instant I saw him raise his hand, and at the signal I tossed my rocket into the room with a cry of 'Fire'. The word was no sooner out of my mouth than the whole crowd of spectators, well dressed and ill – gentlemen, ostlers, and servant maids – joined in a general shriek of 'Fire'. Thick clouds of smoke curled into the room, and out at the open window. I caught a glimpse of rushing figures, and a moment later the voice of Holmes from within, assuring them that it was a false alarm. Slipping through the shouting crowd I made my way to the corner of the street, and in ten minutes was rejoiced to find my friend's arm in mine, and to get away from the scene of the uproar. He walked swiftly and in silence for some few minutes, until we had turned down one of the quiet streets which lead towards the Edgware Road.

'You did it very nicely, Doctor,' he remarked. 'Nothing could have been better. It is all right.'

'You have the photograph!'

'I know where it is.'

'And how did you find out?'

'She showed me, as I told you she would.'

'I am still in the dark.'

'I do not wish to make a mystery,' said he, laughing. 'The matter was perfectly simple. You, of course, saw that everyone in the street was an accomplice. They were all engaged for the evening.'

Holmes s'était assis sur le canapé, et je le vis faire signe comme un homme qui a besoin d'air. Une servante se précipita et ouvrit la fenêtre. Au même instant, je le vis lever la main et, au signal, je lançai ma fusée dans la pièce avec un cri : «Au feu!» Le mot n'était pas plus tôt sorti de ma bouche que toute la foule des spectateurs, bien mis, pauvrement habillés – messieurs, palefreniers et bonnes – se rejoignit dans le cri général de «Au feu!». D'épaisses volutes de fumée tourbillonnaient dans la pièce et au-dehors par la fenêtre ouverte. J'entrevis des visages pressés et, un moment après, la voix de Holmes à l'intérieur les assura que c'était une fausse alerte. Me glissant à travers la foule hurlante, je me frayai un chemin jusqu'au coin de la rue, et dix minutes plus tard, je fus heureux de trouver le bras de mon ami sous le mien et de quitter la scène du tumulte. Il marcha rapidement et silencieusement pendant quelques minutes, jusqu'à ce que nous ayons tourné dans une des rues calmes qui menaient à Edgware Road.

«Vous l'avez fait très joliment, docteur, remarqua-t-il. Rien n'aurait pu être mieux. Tout est très bien.

– Vous avez la photographie!

– Je sais où elle est.

– Et comment l'avez-vous trouvée?

– Elle me l'a montrée, comme je vous avais dit qu'elle le ferait.

– Je suis toujours dans le noir.

– Je ne souhaite pas faire de mystère, dit-il en riant. L'affaire était très simple. Vous avez vu, bien sûr, que tout le monde dans la rue était complice. Ils étaient tous engagés pour la soirée.

'I guessed as much.'

'Then, when the row broke out, I had a little moist red paint in the palm of my hand. I rushed forward, fell down, clapped my hand to my face, and became a piteous spectacle. It is an old trick.'

'That also I could fathom.'

'Then they carried me in. She was bound to have me in. What else could she do? And into her sitting-room which was the very room which I suspected. It lay between that and her bedroom, and I was determined to see which. They laid me on a couch, I motioned for air, they were compelled to open the window and you had your chance.'

'How did that help you?'

'It was all-important. When a woman thinks that her house is on fire, her instinct is at once to rush to the thing which she values most. It is a perfectly overpowering impulse, and I have more than once taken advantage of it. In the case of the Darlington Substitution Scandal it was of use to me, and also in the Arnsworth Castle business. A married woman grabs at her baby – an unmarried one reaches for her jewel box. Now it was clear to me that our lady of today had nothing in the house more precious to her than what we are in quest of. She would rush to secure it. The alarm of fire was admirably done. The smoke and shouting was enough to shake nerves of steel. She responded beautifully. The photograph is in a

– J'ai deviné, jusque-là.

– Ensuite, quand la bagarre a éclaté, j'avais un peu de peinture rouge fraîche dans la paume de la main. Je me suis précipité, suis tombé, ai tapé ma main contre mon visage et suis devenu un spectacle pitoyable. C'est un vieux truc.

– Cela aussi je l'avais mis au jour.

– Puis ils m'ont porté à l'intérieur. Elle était obligée de m'accueillir au-dedans. Que pouvait-elle faire d'autre ? Et dans son salon qui était la pièce même que je soupçonnais. C'était ou cette pièce ou sa chambre et je devais déterminer laquelle. On m'a étendu sur le canapé. J'ai fait signe pour avoir de l'air, on a dû ouvrir la fenêtre et vous avez eu votre chance.

– En quoi cela vous a-t-il aidé ?

– C'était le plus important. Quand une femme croit que sa maison est en feu, son instinct est d'abord de se précipiter vers la chose à laquelle elle accorde le plus de valeur. C'est une pulsion parfaitement incontrôlable, et j'en ai plus d'une fois tiré avantage. Dans l'affaire du scandale de la substitution Darlington, cela me fut utile, et aussi dans le cas du château Arnsworth. Une femme mariée s'accroche à son bébé – une célibataire cherche sa boîte à bijoux. Il était clair pour moi que notre dame d'aujourd'hui n'avait rien dans sa maison de plus précieux pour elle que ce dont nous sommes en quête. Elle se précipiterait pour le sauver. L'alerte au feu fut admirablement donnée. La fumée et le cri étaient suffisants pour ébranler des nerfs d'acier. Elle a magnifiquement réagi. La photographie est dans un

recess behind a sliding panel just above the right bell-pull. She was there in an instant, and I caught a glimpse of it as she half drew it out. When I cried out that it was a false alarm, she replaced it, glanced at the rocket, rushed from the room, and I have not seen her since. I rose, and, making my excuses, escaped from the house. I hesitated whether to attempt to secure the photograph at once; but the coachman had come in, and as he was watching me narrowly, it seemed safer to wait. A little over-precipitance may ruin all.'

'And now?' I asked.

'Our quest is practically finished. I shall call with the King tomorrow, and with you, if you care to come with us. We will be shown into the sitting-room to wait for the lady, but it is probable that when she comes she may find neither us nor the photograph. It might be a satisfaction to His Majesty to regain it with his own hands.'

'And when will you call?'

'At eight in the morning. She will not be up, so that we shall have a clear field. Besides, we must be prompt, for this marriage may mean a complete change in her life and habits. I must wire to the King without delay.'

We had reached Baker Street, and had stopped at the door. He was searching his pockets for the key, when someone passing said:

'Good night, Mister Sherlock Holmes.'

There were several people on the pavement at

renfoncement derrière un panneau coulissant juste au-dessus du cordon de la sonnette. Elle y fut en un instant, et je l'entrevis quand elle la sortit à moitié. Quand je criai que c'était une fausse alerte, elle la remit, regarda la fusée, se précipita hors de la pièce, et je ne l'ai pas revue depuis. Je me levai, et, présentant mes excuses, m'échappai de la maison. Cependant j'ai hésité à tenter de m'assurer la photographie une fois pour toutes; mais le cocher était entré et, comme il me surveillait étroitement, il paraissait plus prudent d'attendre. Un peu trop de hâte peut tout ruiner.

– Et maintenant? demandai-je.

– Notre quête est pratiquement finie. Je m'y rendrai demain avec le roi, et avec vous, si vous voulez bien venir avec nous. Nous serons introduits dans le salon pour attendre la dame, mais il est probable que, quand elle viendra, elle ne trouvera ni nous ni la photographie. Ce serait une satisfaction pour Sa Majesté de la récupérer de ses propres mains.

– Et quand irez-vous?

– À huit heures du matin. Elle ne sera pas levée, aussi nous devrions avoir le champ libre. En outre, nous devons être rapides, car ce mariage peut signifier un changement complet de sa vie et de ses habitudes. Je dois télégraphier au roi sans délai.»

Nous avions atteint Baker Street et nous étions arrêtés devant la porte. Il cherchait la clef dans ses poches quand un passant dit :

«Bonne nuit, Monsieur Sherlock Holmes.»

Il y avait plusieurs personnes sur le trottoir à

the time, but the greeting appeared to come from a slim youth in an ulster who had hurried by.

'I've heard that voice before,' said Holmes, staring down the dimly lit street. 'Now, I wonder who the deuce that could have been.'

3

I slept at Baker Street that night, and we were engaged upon our toast and coffee when the King of Bohemia rushed into the room.

'You have really got it!' he cried, grasping Sherlock Holmes by either shoulder, and looking eagerly into his face.

'Not yet.'

'But you have hopes?'

'I have hopes.'

'Then, come. I am all impatience to be gone.'

'We must have a cab.'

'No, my brougham is waiting.'

'Then that will simplify matters.'

We descended, and started off once more for Briony Lodge.

'Irene Adler is married,' remarked Holmes.

'Married! When?'

'Yesterday.'

'But to whom?'

'To an English lawyer named Norton.'

'But she could not love him?'

ce moment, mais le salut semblait venir d'un jeune homme mince en pardessus qui se dépêchait.

«J'ai déjà entendu cette voix, dit Holmes en fixant la rue faiblement éclairée. Mais je me demande qui diable cela pouvait être.»

3

Je dormis à Baker Street cette nuit-là, et nous étions occupés par nos tartines et notre café quand le roi de Bohême se précipita dans la pièce.

«Vous l'avez vraiment! cria-t-il en attrapant Sherlock Holmes par les deux épaules et en regardant avidement son visage.

– Pas encore.

– Mais vous avez bon espoir?

– J'ai bon espoir.

– Alors venez. Je suis tout impatient d'être parti.

– Il nous faut un fiacre.

– Non, mon coupé attend.

– Alors cela simplifiera les choses.»

Nous descendîmes et nous nous dirigeâmes une fois de plus vers Briony Lodge.

«Irène Adler est mariée, fit remarquer Holmes.

– Mariée! Quand?

– Hier.

– Mais avec qui?

– Un homme de loi anglais du nom de Norton.

– Mais elle pourrait ne pas l'aimer?

'I am in hopes that she does.'

'And why in hopes?'

'Because it would spare Your Majesty all fear of future annoyance. If the lady loves her husband, she does not love Your Majesty. If she does not love Your Majesty there is no reason why she should interfere with Your Majesty's plan.'

'It is true. And yet –! Well! I wish she had been of my own station! What a queen she would have made!' He relapsed into a moody silence which was not broken until we drew up in Serpentine Avenue.

The door of Briony Lodge was open, and an elderly woman stood upon the steps. She watched us with a sardonic eye as we stepped from the brougham.

'Mr Sherlock Holmes, I believe?' said she.

'I am Mr Holmes,' answered my companion, looking at her with a questioning and rather startled gaze.

'Indeed! My mistress told me that you were likely to call. She left this morning with her husband, by the 5.15 train from Charing Cross, for the Continent.'

'What!' Sherlock Holmes staggered back, white with chagrin and surprise. 'Do you mean that she has left England?'

'Never to return.'

'And the papers?' asked the King hoarsely. 'All is lost.'

'We shall see.' He pushed past the servant, and rushed into the drawing-room, followed by the King and myself.

– J'ai l'espoir qu'elle l'aime.
– Et pourquoi ?
– Parce que cela éloignerait de Votre Majesté toute crainte d'ennuis futurs. Si la dame aime son mari, elle n'aime pas Votre Majesté. Si elle n'aime pas Votre Majesté, il n'y a aucune raison pour qu'elle s'interpose dans les projets de Votre Majesté.
– C'est vrai. Et pourtant... ! Bien ! J'eusse souhaité qu'elle fût de mon rang ! Quelle reine elle eût fait ! » Il retomba dans un silence chagrin qui ne fut pas brisé jusqu'à ce que nous atteignions Serpentine Avenue.

La porte de Briony Lodge était ouverte et une dame d'un certain âge se tenait en haut des marches. Elle nous regarda d'un œil sardonique quand nous descendîmes du coupé.

« Mr. Sherlock Holmes, je pense ? dit-elle.
– Je suis Mr. Holmes, répondit mon compagnon en la regardant d'un air interrogateur et stupéfait.
– En effet ! Ma maîtresse m'a dit que vous viendriez sûrement. Elle est partie ce matin avec son mari, par le train de 5 h 15 à Charing Cross, pour le Continent.
– Quoi ! » Sherlock Holmes recula en chancelant, blanc de contrariété et de surprise. « Vous voulez dire qu'elle a quitté l'Angleterre ?
– Pour ne jamais revenir.
– Et les papiers ? demanda le roi d'une voix rauque. Tout est perdu.
– Nous allons voir. » Il poussa la servante et se rua dans le salon, suivi du roi et de moi-même.

The furniture was scattered about in every direction, with dismantled shelves, and open drawers, as if the lady had hurriedly ransacked them before her flight. Holmes rushed at the bell-pull, tore back a small sliding shutter, and, plunging in his hand, pulled out a photograph and a letter. The photograph was of Irene Adler herself in evening dress, the letter was superscribed to 'Sherlock Holmes, Esq. To be left till called for.' My friend tore it open and we all three read it together. It was dated at midnight of the preceding night, and ran in this way:

My Dear Mr Sherlock Holmes,

You really did it very well. You took me in completely. Until after the alarm of fire, I had not a suspicion. But then, when I found how I had betrayed myself, I began to think. I had been warned against you months ago. I had been told that if the King employed an agent, it would certainly be you. And your address had been given me. Yet, with all this, you made me reveal what you wanted to know. Even after I became suspicious, I found it hard to think evil of such a dear, kind old clergyman. But, you know, I have been trained as an actress myself. Male costume is nothing new to me. I often take advantage of the freedom which it gives. I sent John, the coachman,

Les meubles étaient dispersés dans tous les sens, avec les étagères démantelées et les tiroirs ouverts, comme si la dame les avait fouillés à la hâte avant sa fuite. Holmes se rua vers le cordon de la sonnette, arracha le petit volet coulissant, et, plongeant sa main dedans, sortit une photographie et une lettre. La photographie représentait Irène Adler en robe du soir, la lettre était adressée à « Sherlock Holmes Esq.[1] À laisser jusqu'à ce qu'elle soit réclamée ». Mon ami la déchira pour l'ouvrir et nous la lûmes tous les trois ensemble. Elle était datée de minuit de la nuit précédente et disait ceci :

« Mon cher Mr. Sherlock Holmes,

« Vous avez vraiment très bien joué. Vous m'avez eue complètement. Jusqu'après l'alerte au feu, je n'ai eu aucun soupçon. Mais ensuite, quand j'ai vu comment je m'étais trahie, j'ai commencé à réfléchir. J'avais été mise en garde contre vous depuis des mois. On m'avait dit que si le roi employait un agent, ce serait certainement vous. Et on m'avait donné votre adresse. Pourtant, malgré tout cela, vous m'avez obligée à révéler ce que vous vouliez savoir. Même après que je suis devenue soupçonneuse, je trouvais difficile de penser du mal d'un si charmant et gentil vieux pasteur. Mais, vous le savez, j'ai été moi-même formée comme actrice. Le costume masculin n'a rien de nouveau pour moi. Je tire souvent avantage de la liberté qu'il procure. J'ai envoyé John, le cocher,

1. *Esq. (Esquire)* : titre honorifique dont on fait suivre le nom de famille des Anglais non titrés sur une enveloppe.

to watch you, ran upstairs, got into my walking clothes, as I call them, and came down just as you departed.

Well, I followed you to your door and so made sure that I was really an object of interest to the celebrated Mr Sherlock Holmes. Then I, rather imprudently, wished you good night, and started for the Temple to see my husband.

We both thought the best resource was flight when pursued by so formidable an antagonist; so you will find the nest empty when you call tomorrow. As to the photograph, your client may rest in peace. I love and am loved by a better man than he. The King may do what he will without hindrance from one whom he has cruelly wronged. I kept it only to safeguard myself, and to preserve a weapon which will always secure me from any steps which he might take in the future. I leave a photograph which he might care to possess; and I remain, dear Mr Sherlock Holmes, very truly yours,

IRÈNE NORTON, *née* ADLER

'What a woman – oh, what a woman!' cried the King of Bohemia, when we had all three read this epistle. 'Did I not tell you how quick and resolute she was? Would she not have made an admirable queen? Is it not a pity she was not on my level?'

'From what I have seen of the lady, she seems, indeed, to be on a very different level to Your

pour vous surveiller, suis montée, ai mis mes vêtements de promenade, comme je les appelle, et je suis redescendue juste comme vous partiez.

« Puis, je vous ai suivi jusqu'à votre porte et me suis assurée que j'étais vraiment l'objet de l'intérêt du si célèbre Mr. Sherlock Holmes. Ensuite, assez imprudemment, je vous ai souhaité bonne nuit et suis partie à Temple voir mon mari.

« Nous avons pensé ensemble que la fuite était la meilleure solution quand on est poursuivi par un si terrible adversaire ; aussi vous trouverez le nid vide quand vous viendrez demain. Quant à la photographie, votre client peut demeurer en paix. J'aime et suis aimée d'un meilleur homme que lui. Le roi peut faire ce qu'il veut sans obstacle d'une personne qu'il a cruellement blessée. Je ne l'ai gardée que pour être en sécurité et pour conserver une arme qui sera toujours mon assurance contre toutes les actions qu'il pourrait entreprendre dans le futur. Je laisse une photographie qu'il peut avoir envie de posséder ; et je reste, cher Mr. Sherlock Holmes, sincèrement vôtre,

« IRÈNE NORTON, *née* ADLER. »

« Quelle femme... oh, quelle femme ! s'écria le roi de Bohême quand nous eûmes tous les trois lu l'épître. Ne vous avais-je pas dit à quel point elle est rapide et résolue ? N'aurait-elle pas fait une reine admirable ? N'est-il pas dommage qu'elle n'ait pas été de mon niveau ?

– Pour ce que j'ai vu de la dame, elle semblait être, en effet, d'un niveau très différent de Votre

Majesty,' said Holmes, coldly. 'I am sorry that I have not been able to bring Your Majesty's business to a more successful conclusion.'

'On the contrary, my dear sir,' cried the King. 'Nothing could be more successful. I know that her word is inviolate. The photograph is now as safe as if it were in the fire.'

'I am glad to hear Your Majesty say so.'

'I am immensely indebted to you. Pray tell me in what way I can reward you. This ring –' He slipped an emerald snake ring from his finger and held it out upon the palm of his hand.

'Your Majesty has something which I should value even more highly,' said Holmes.

'You have but to name it.'

'This photograph'

The King stared at him in amazement.

'Irene's photograph!' he cried. 'Certainly, if you wish it.'

'I thank Your Majesty. Then there is no more to be done in the matter. I have the honour to wish you a very good morning.' He bowed, and, turning away without observing the hand which the King stretched out to him, he set off in my company for his chambers.

And that was how a great scandal threatened to affect the kingdom of Bohemia, and how the best plans of Mr Sherlock Holmes were beaten by a woman's wit.

Majesté, dit Holmes froidement. Je suis désolé de ne pas avoir été capable de mener l'affaire de Votre Majesté à une conclusion plus brillante.

–Au contraire, mon cher monsieur, cria le roi. Rien ne pouvait être plus réussi. Je sais que sa parole est sûre. La photographie est maintenant autant en sécurité que si elle était dans le feu.

–Je suis heureux d'entendre Votre Majesté parler ainsi.

–Je suis immensément endetté envers vous. Je vous en prie, dites-moi de quelle manière je peux vous récompenser. Cette bague... » Il fit glisser une bague d'émeraude qui serpentait à son doigt et la tendit dans la paume de sa main.

« Votre Majesté a une chose à laquelle j'accorde encore plus de valeur, dit Holmes.

– Vous n'avez qu'à la nommer.

– Cette photographie ! »

Le roi le dévisagea avec perplexité.

« La photographie d'Irène ! s'écria-t-il. Certainement, si vous le désirez.

–Je remercie Votre Majesté. Alors il n'y a plus rien à faire dans cette histoire. J'ai l'honneur de vous souhaiter une très bonne matinée. » Il s'inclina et, se détournant sans voir la main que le roi lui tendait, il partit en ma compagnie pour son appartement.

Et c'est ainsi qu'un grand scandale menaça d'affecter le royaume de Bohême, et que les meilleurs plans de Mr. Sherlock Holmes furent mis en échec par l'intelligence d'une femme.

He used to make merry over the cleverness of women, but I have not heard him do it of late. And when he speaks of Irene Adler, or when he refers to her photograph, it is always under the honourable title of *the* woman.

Il avait pour habitude de se divertir de l'habileté des femmes, mais je ne l'ai plus entendu le faire par la suite. Et quand il parle d'Irène Adler, ou quand il fait référence à sa photographie, c'est toujours sous l'honorable titre de *la* femme.

Il avait pour habitude de se divertir de l'habileté des femmes, mais je ne l'ai plus entendu le faire par la suite. Et quand il parle d'Irene Adler, ou quand il fait référence à sa photographie, c'est toujours sous l'honorable titre de *la* femme.

A Case of Identity
Une affaire d'identité

A CASE OF IDENTITY

'My dear fellow,' said Sherlock Holmes, as we sat on either side of the fire in his lodgings at Baker Street, 'life is infinitely stranger than anything which the mind of man could invent. We would not dare to conceive the things which are really mere commonplaces of existence. If we could fly out of that window hand in hand, hover over this great city, gently remove the roofs, and peep in at the queer things which are going on, the strange coincidences, the plannings, the cross-purposes, the wonderful chains of events, working through generations, and leading to the most *outré* results, it would make all fiction with its conventionalities and foreseen conclusions most stale and unprofitable.'

UNE AFFAIRE D'IDENTITÉ

« Mon cher ami, dit Sherlock Holmes, alors que nous étions assis de chaque côté du feu dans son appartement de Baker Street, la vie est infiniment plus étrange que tout ce que pourrait inventer l'esprit humain. Nous n'oserions pas concevoir les choses qui sont vraiment de simples lieux communs de l'existence. Si nous pouvions nous envoler par la fenêtre, main dans la main, au-dessus de la grande ville, soulever lentement les toits [1], et regarder furtivement à l'intérieur les curieuses choses qui se passent, les étranges coïncidences, les tracés, les desseins croisés, l'incroyable enchaînement des événements qui se déroulent à travers les générations et mènent aux résultats les plus outrés, cela transformerait toute fiction avec ses conventions et ses conclusions prévisibles en quelque chose d'éventé et d'inutile.

1. Conan Doyle a très certainement lu *Le Diable boîteux* de Le Sage : « Je vais, par mon pouvoir diabolique, enlever les toits des maisons, et malgré les ténèbres de la nuit, le dedans va se découvrir à nos yeux. »

'And yet I am not convinced of it,' I answered. 'The cases which come to light in the papers are, as a rule, bald enough, and vulgar enough. We have in our police reports realism pushed to its extreme limits, and yet the result is, it must be confessed, neither fascinating nor artistic.'

'A certain selection and discretion must be used in producing a realistic effect,' remarked Holmes. 'This is wanting in the police report, where more stress is laid perhaps upon the platitudes of the magistrate than upon the details, which to an observer contain the vital essence of the whole matter. Depend upon it there is nothing so unnatural as the commonplace.'

I smiled and shook my head. 'I can quite understand you thinking so,' I said. 'Of course, in your position of unofficial adviser and helper to everybody who is absolutely puzzled, throughout three continents, you are brought in contact with all that is strange and bizarre. But here' – I picked up the morning paper from the ground – 'let us put it to a practical test. Here is the first heading upon which I come. "A husband's cruelty to his wife." There is half a column of print, but I know without reading it that it is all perfectly familiar to me. There is, of course, the other woman, the drink, the push, the blow, the bruise, the sympathetic sister or landlady. The crudest of writers could invent nothing more crude.'

'Indeed, your example is an unfortunate one for your argument,' said Holmes, taking the paper, and glancing his eye down it.

– Et pourtant je n'en suis pas convaincu, répondis-je. Les histoires qui sont dévoilées dans les journaux sont, en règle générale, assez plates et assez vulgaires. Nous avons dans nos rapports de police un réalisme poussé à ses extrêmes limites et le résultat n'est, il faut l'avouer, ni fascinant ni artistique.

– Il faut user d'une certaine sélection et discrétion pour produire un effet réaliste, remarqua Holmes. C'est ce qui est recherché dans le rapport de police où peut-être on insiste plus sur les platitudes du magistrat que sur les détails qui pour un observateur contiennent l'essence vitale de tout le problème. Il en résulte qu'il n'y a rien de plus dénaturé qu'un lieu commun. »

Je souris et secouai la tête. « Je peux tout à fait comprendre pourquoi vous pensez ainsi, dis-je. Bien sûr, dans votre position de conseiller officieux et d'auxiliaire de tous ceux qui sont déroutés à travers trois continents, vous êtes mis en contact avec tout ce qui est étrange et inhabituel. Mais ici – je ramassai par terre le journal du matin – faisons un test pratique. Voici la "une" que je viens de voir : "La cruauté d'un mari envers sa femme." Il y a une demi-colonne imprimée, mais sans la lire, je sais que tout cela m'est parfaitement familier. Il y a, bien sûr, l'autre femme, la boisson, la bousculade, le coup, la contusion, la sœur ou la logeuse compatissante. L'écrivain le plus grossier ne pourrait rien inventer de plus grossier.

– En l'occurrence, votre exemple en est un mauvais et n'illustre pas votre argument, dit Holmes en prenant le journal et en y jetant un coup d'œil.

'This is the Dundas separation case, and, as it happens, I was engaged in clearing up some small points in connection with it. The husband was a teetotaller, there was no other woman, and the conduct complained of was that he had drifted into the habit of winding up every meal by taking out his false teeth and hurling them at his wife, which you will allow is not an action likely to occur to the imagination of the average story-teller. Take a pinch of snuff, Doctor, and acknowledge that I have scored over you in your example.'

He held out his snuff-box of old gold, with a great amethyst in the centre of the lid. Its splendour was in such contrast to his homely ways and simple life that I could not help commenting upon it.

'Ah,' said he, 'I forgot that I had not seen you for some weeks. It is a little souvenir from the King of Bohemia in return for my assistance in the case of the Irene Adler papers.'

'And the ring?' I asked, glancing at a remarkable brilliant which sparkled upon his finger.

'It was from the reigning family of Holland, though the matter in which I served them was of such delicacy that I cannot confide it even to you, who have been good enough to chronicle one or two of my little problems.'

'And have you any on hand just now?' I asked with interest.

'Some ten or twelve, but none which presents any feature of interest. They are important, you understand, without being interesting. Indeed,

C'est l'affaire de séparation des Dundas et il se trouve que je fus amené à éclaircir quelques petits faits en relation. Le mari était un buveur d'eau[1], il n'y avait pas d'autre femme, et le principal grief était qu'il s'était laissé aller à l'habitude de terminer tous les repas en enlevant ses fausses dents et en les jetant à sa femme ce qui, vous me l'accorderez, n'est pas une histoire qui vient facilement à l'esprit du conteur ordinaire. Prenez une pincée de tabac, docteur, et reconnaissez que je vous rive le clou avec votre exemple. »

Il sortit sa tabatière en vieil or avec une grosse améthyste au centre du couvercle. Sa splendeur contrastait tellement avec ses goûts simples et sa vie frugale que je ne pus m'empêcher de faire un commentaire.

« Ah, dit-il, j'oubliais que je ne vous avais pas vu depuis des semaines. C'est un petit souvenir du roi de Bohême pour me remercier de mon aide dans l'affaire des papiers d'Irène Adler.

– Et la bague ? demandai-je en regardant un remarquable diamant qui étincelait à son doigt.

– Elle vient de la famille régnante de Hollande, mais le problème pour lequel je les ai aidés est si délicat que, même à vous qui avez été assez bon pour prendre des notes sur un ou deux de mes petits problèmes, je ne puis le raconter.

– Avez-vous une affaire en cours ? demandai-je avec intérêt.

– Près de dix ou douze, mais aucune ne présente de détail intéressant. Vous comprenez, elles sont importantes sans être intéressantes. En fait,

1. *Teetotaller* : membre de la ligue antialcoolique, d'une société de tempérance ; buveur d'eau.

I have found that it is usually in unimportant matters that there is a field for observation, and for the quick analysis of cause and effect which gives the charm to an investigation. The larger crimes are apt to be the simpler, for the bigger the crime, the more obvious, as a rule, is the motive. In these cases, save for one rather intricate matter which has been referred to me from Marseilles, there is nothing which presents any features of interest. It is possible, however, that I may have something better before very many minutes are over, for this is one of my clients, or I am much mistaken.'

He had risen from his chair, and was standing between the parted blinds, gazing down into the dull, neutral-tinted London street. Looking over his shoulder I saw that on the pavement opposite there stood a large woman with a heavy fur boa round her neck, and a large curling red feather in a broad-brimmed hat which was tilted in a coquettish Duchess-of-Devonshire fashion over her ear. From under this great panoply she peeped up in a nervous, hesitating fashion at our windows, while her body oscillated backwards and forwards, and her fingers fidgeted with her glove buttons. Suddenly, with a plunge, as of the swimmer who leaves the bank, she hurried across the road, and we heard the sharp clang of the bell.

'I have seen those symptoms before,' said Holmes, throwing his cigarette into the fire. 'Oscillation upon the pavement always means an *affaire de cœur*. She would like advice, but is not

j'ai découvert que c'est souvent dans les affaires sans importance qu'il y a un champ offert à l'observation et à l'analyse rapide des causes et des effets qui donnent son charme à une enquête. Les plus grands crimes ont tendance à être les plus simples, car plus le crime est énorme et plus le mobile est évident en général. Dans ces affaires, excepté pour une assez complexe qui m'a été apportée de Marseille, il n'y a rien qui présente le moindre intérêt. Il est possible cependant que j'aie quelque chose de mieux dans les minutes qui viennent, car voilà une de mes clientes, si je ne m'abuse. »

Il s'était levé de sa chaise, se tenait entre les rideaux et contemplait la rue morne et grise de Londres. En regardant par-dessus son épaule, je vis que, sur le trottoir d'en face, se tenait une femme imposante, avec un épais boa en fourrure autour du cou et une grande plume rouge ondulant sur un chapeau aux larges bords qui était incliné sur son oreille à la coquette mode de la duchesse du Devonshire. Sous cette grande panoplie, elle jetait des coups d'œil vers notre fenêtre d'une manière nerveuse, hésitante, pendant que son corps oscillait d'avant en arrière et que ses doigts tripotaient les boutons de ses gants. Soudain, d'un plongeon, comme un nageur qui quitte la rive, elle traversa rapidement la rue et nous entendîmes le bruit aigu de la sonnette.

« J'ai déjà vu ces symptômes, dit Holmes en jetant sa cigarette dans le feu. Oscillation sur le trottoir signifie toujours une affaire de cœur. Elle voudrait un conseil, mais n'est pas

sure that the matter is not too delicate for communication. And yet even here we may discriminate. When a woman has been seriously wronged by a man she no longer oscillates, and the usual symptom is a broken bell wire. Here we may take it that there is a love matter, but that the maiden is not so much angry as perplexed, or grieved. But here she comes in person to resolve our doubts.'

As he spoke there was a tap at the door, and the boy in buttons entered to announce Miss Mary Sutherland, while the lady herself loomed behind his small black figure like a full-sailed merchant-man behind a tiny pilot boat. Sherlock Holmes welcomed her with the easy courtesy for which he was remarkable, and having closed the door, and bowed her into an armchair, he looked over her in the minute and yet abstracted fashion which was peculiar to him.

'Do you not find,' he said, 'that with your short sight it is a little trying to do so much typewriting?'

'I did at first,' she answered, 'but now I know where the letters are without looking.' Then, suddenly realizing the full purport of his words, she gave a violent start, and looked up with fear and astonishment upon her broad, good-humoured face. 'You've heard about me, Mr Holmes,' she cried, 'else how could you know all that?'

'Never mind,' said Holmes, laughing, 'it is

sûre que le sujet ne soit pas trop délicat pour en parler. Et déjà ici nous pouvons établir une distinction. Quand une femme a été sérieusement blessée par un homme, elle n'oscille plus et le symptôme habituel est un coup de sonnette court. Ici nous pouvons parier qu'il s'agit d'un problème de cœur, mais la jeune fille n'est pas si furieuse que perplexe, ou affligée. Mais voici qu'elle vient en personne pour dissiper nos doutes. »

Pendant qu'il parlait, on frappa à la porte et le petit domestique entra pour annoncer miss Mary Sutherland, alors que la dame elle-même surgissait derrière la petite silhouette noire comme la grand-voile d'un navire derrière un minuscule bateau. Sherlock Holmes l'accueillit avec cette courtoisie aisée qui lui était coutumière ; puis, après avoir fermé la porte et l'avoir installée dans un fauteuil, il l'examina en une minute et déjà fit des déductions de cette façon qui lui était si particulière.

« Ne trouvez-vous pas, dit-il, qu'il est assez difficile de taper autant à la machine avec une mauvaise vue ?

« Je le trouvais au début, répondit-elle, mais maintenant je sais où sont les lettres sans regarder. » Alors, réalisant soudain l'entière portée de ses paroles, elle s'arrêta brusquement et leva les yeux, l'inquiétude et la surprise peintes sur son visage large et plein d'entrain. « Vous avez dû entendre parler de moi, Mr. Holmes, cria-t-elle, sinon comment sauriez-vous tout cela ?

– Aucune importance, dit Holmes en riant, c'est

my business to know things. Perhaps I have trained myself to see what others overlook. If not, why should you come to consult me?'

'I came to you, sir, because I heard of you from Mrs Etherege, whose husband you found so easy when the police and everyone had given him up for dead. Oh, Mr Holmes, I wish you would do as much for me. I'm not rich, but still I have a hundred a year in my own right, besides the little that I make by the machine, and I would give it all to know what has become of Mr Hosmer Angel.'

'Why did you come away to consult me in such a hurry?' asked Sherlock Holmes, with his finger-tips together, and his eyes to the ceiling.

Again a startled look came over the somewhat vacuous face of Miss Mary Sutherland. 'Yes, I did bang out of the house,' she said, 'for it made me angry to see the easy way in which Mr Windibank – that is my father – took it all. He would not go to the police, and he would not go to you, and so at last, as he would do nothing, and kept on saying that there was no harm done, it made me mad, and I just on with my things and came right away to you.'

'Your father?' said Holmes. 'Your stepfather, surely, since the name is different?'

'Yes, my stepfather. I call him father, though it sounds funny, too, for he is only five years and two months older than myself.'

'And your mother is alive?'

'Oh, yes, mother is alive and well. I wasn't

mon métier de savoir les choses. Peut-être me suis-je exercé à voir ce que les autres négligent. Sinon pourquoi viendriez-vous me consulter ?

– Je suis venue, monsieur, parce que j'ai entendu parler de vous par Mrs. Etherege dont vous avez retrouvé si facilement le mari quand la police et tout le monde le donnaient pour mort. Oh, Mr. Holmes, j'aimerais que vous puissiez en faire autant pour moi. Je ne suis pas riche, mais j'ai quand même à moi une centaine de livres par an, en plus de ce que je gagne en tapant à la machine, et je donnerais tout pour savoir ce qui est arrivé à Mr. Hosmer Angel.

– Pourquoi êtes-vous venue me consulter avec une telle hâte ? » demanda Sherlock Holmes, le bout des doigts joint et les yeux fixés au plafond.

À nouveau, un regard d'étonnement apparut sur le visage quelque peu sot de miss Mary Sutherland. « Oui, j'ai bondi hors de la maison, dit-elle, parce que ça m'a rendue furieuse de voir avec quel calme Mr. Windibank – c'est mon père – prenait tout cela. Il ne voulait pas aller à la police et ne voulait pas venir vous voir, en fait, il ne voulait rien faire et persistait à dire qu'il n'y avait pas de mal ; ça m'a rendue folle, j'ai pris mes affaires et je suis venue directement à vous.

– Votre père ? dit Holmes. Votre beau-père sûrement, puisque le nom est différent ?

– Oui, mon beau-père. Je l'appelle Père bien que cela paraisse curieux, aussi, puisqu'il est âgé seulement de cinq ans et deux mois de plus que moi.

– Et votre mère est-elle en vie ?

– Oh oui, Mère est en vie et va bien. Je n'étais

best pleased, Mr Holmes, when she married again so soon after father's death, and a man who was nearly fifteen years younger than herself. Father was a plumber in the Tottenham Court Road, and he left a tidy business behind him, which mother carried on with Mr Hardy, the foreman, but when Mr Windibank came he made her sell the business, for he was very superior, being a traveller in wines. They got four thousand seven hundred for goodwill and interest, which wasn't near as much as father could have got if he had been alive.'

I had expected to see Sherlock Holmes impatient under this rambling and inconsequential narrative, but, on the contrary, he had listened with the greatest concentration of attention.

'Your own little income,' he asked, 'does it come out of the business?'

'Oh, no, sir, it is quite separate, and was left me by my uncle Ned in Auckland. It is in New Zealand Stock, paying 4 1/2 per cent. Two thousand five hundred pounds was the amount, but I can only touch the interest.'

'You interest me extremely,' said Holmes. 'And since you draw so large a sum as a hundred a year, with what you earn into the bargain, you no doubt travel a little and indulge in every way. I believe that a single lady can get on very nicely upon an income of about sixty pounds.'

pas vraiment contente, Mr. Holmes, quand elle s'est remariée si tôt après la mort de Père et avec un homme qui était plus jeune qu'elle de presque quinze ans. Père était plombier à Tottenham Court Road et il a laissé derrière lui une confortable petite affaire que Mère a poursuivie avec Mr. Hardy, le contremaître ; mais, quand Mr. Windibank est arrivé, il lui a fait vendre l'affaire parce qu'il était plus digne d'être représentant[1] en vins. Ils ont obtenu quatre mille sept cents livres pour le fonds de commerce[2] et les intérêts, ce qui n'est pas autant que ce que Père aurait pu obtenir s'il était en vie. »

Je m'attendais à voir Sherlock Holmes impatienté par ce récit décousu et sans importance, mais, au contraire, il avait écouté avec la plus grande attention.

« Votre propre petit revenu, demanda-t-il, vient-il aussi de cette affaire ?

– Oh non, monsieur, il en est tout à fait séparé et m'a été laissé par mon oncle Ned d'Auckland. C'est placé à la bourse de Nouvelle-Zélande et rapporte 4,5 pour cent. Le montant était de deux mille cinq cents livres, mais je ne peux toucher que les intérêts.

– Vous m'intéressez beaucoup, dit Holmes. Et depuis que vous recevez cette somme importante de cent livres par an et avec ce que vous gagnez par-dessus le marché, vous voyagez sans doute un peu et vous prenez vos aises ? Je pense qu'une femme célibataire peut se débrouiller joliment avec un revenu de près de soixante livres.

1. *Traveller* : voyageur de commerce.
2. *Goodwill* : la clientèle.

'I could do with much less than that, Mr Holmes, but you understand that as long as I live at home I don't wish to be a burden to them, and so they have the use of the money just while I am staying with them. Of course that is only just for the time. Mr Windibank draws my interest every quarter, and pays it over to mother, and I find that I can do pretty well with what I earn at typewriting. It brings me twopence a sheet, and I can often do from fifteen to twenty sheets in a day.'

'You have made your position very clear to me,' said Holmes. 'This is my friend, Dr Watson, before whom you can speak as freely as before myself. Kindly tell us now all about your connection with Mr Hosmer Angel.'

A flush stole over Miss Sutherland's face, and she picked nervously at the fringe of her jacket. 'I met him first at the gasfitters' ball,' she said. 'They used to send father tickets when he was alive, and then afterwards they remembered us, and sent them to mother. Mr Windibank did not wish us to go. He never did wish us to go anywhere. He would get quite mad if I wanted so much as to join a Sunday school treat. But this time I was set on going, and I would go, for what right had he to prevent? He said the folk were not fit for us to know, when all father's friends were to be there.

–Je pourrais me débrouiller avec beaucoup moins que cela, Mr. Holmes, mais vous comprendrez qu'aussi longtemps que je vis à la maison, je ne souhaite pas être un fardeau pour eux; aussi ils ont la jouissance de cet argent tant que je reste auprès d'eux. Bien sûr, c'est momentané. Mr. Windibank perçoit les intérêts tous les trimestres et les reverse à Mère. Et je trouve que je m'en sors plutôt bien avec ce que je gagne en tapant à la machine. Cela me rapporte deux pences la feuille et je peux souvent taper de quinze à vingt pages par jour.

–Vous m'avez rendu votre situation très claire, dit Holmes. Voici mon ami, le docteur Watson, devant qui vous pouvez parler aussi librement que devant moi. Veuillez nous parler maintenant de vos liens avec Mr. Hosmer Angel.»

Une rougeur envahit le visage de miss Sutherland et elle tripota nerveusement la frange de sa veste. «Je l'ai d'abord rencontré au bal des gaziers, dit-elle. Ils avaient l'habitude d'envoyer des billets à Père quand il était en vie, puis ils se sont souvenus de nous et en ont envoyé à Mère. Mr. Windibank ne voulait pas que nous y allions. Il ne voulait jamais que nous allions où que ce soit. Il devenait presque furieux quand je voulais seulement aller au pique-nique du catéchisme[1]. Mais cette fois, j'étais décidée à y aller et j'y allais! De quel droit m'en empêcherait-il? Il a dit que les gens n'étaient pas fréquentables alors que tous les amis de Père devaient y être.

1. *Sunday school*: littéralement, l'école du dimanche.

And he said that I had nothing fit to wear, when I had my purple plush that I had never so much as taken out of the drawer. At last, when nothing else would do, he went off to France upon the business of the firm, but we went, mother and I, with Mr Hardy, who used to be our foreman, and it was there I met Mr Hosmer Angel.'

'I suppose,' said Holmes, 'that when Mr Windibank came back from France, he was very annoyed at your having gone to the ball.'

'Oh, well, he was very good about it. He laughed, I remember, and shrugged his shoulders, and said there was no use denying anything to a woman, for she would have her way.'

'I see. Then at the gasfitters' ball you met, as I understand, a gentleman called Mr Hosmer Angel.'

'Yes, sir. I met him that night, and he called next day to ask if we had got home all safe, and after that we met him – that is to say, Mr Holmes, I met him twice for walks, but after that father came back again, and Mr Hosmer Angel could not come to the house any more.'

'No?'

'Well, you know, father didn't like anything of the sort. He wouldn't have any visitors if he could help it, and he used to say that a woman should be happy in her own family circle. But then, as I used to say to mother, a woman wants her own circle to begin with, and I had not got mine yet.'

Puis il a dit que je n'avais rien de convenable à me mettre, alors que j'ai ma peluche pourpre que je n'avais guère sortie de mon tiroir. À la fin, comme rien n'y faisait, il est parti en France pour le compte de son entreprise, mais nous y sommes allées, Mère et moi, avec Mr. Hardy qui a été notre contremaître, et c'est là que j'ai rencontré Mr. Hosmer Angel.

– Je suppose, dit Holmes, que quand Mr. Windibank est revenu de France, il a été très contrarié d'apprendre que vous étiez allées au bal.

– Eh bien, il l'a très bien pris. Il a ri, je me souviens, et a haussé les épaules; il a dit qu'il n'y avait aucun moyen d'interdire quelque chose à une femme, car elle suivrait son idée quand même.

– Je vois. Alors c'est au bal des gaziers, si je comprends bien, que vous avez rencontré un monsieur nommé Mr. Hosmer Angel.

– Oui, monsieur. Je l'ai rencontré ce soir-là et il est passé le jour suivant pour demander si nous étions rentrées saines et sauves; et après nous l'avons rencontré – c'est-à-dire, Mr. Holmes, je l'ai revu deux fois pour des promenades, mais ensuite Père est revenu à nouveau et Mr. Hosmer Angel n'a plus pu venir à la maison.

– Non?

– Eh bien, vous savez, Père n'aimait pas ce genre de choses. Il n'aurait eu aucun visiteur s'il avait pu l'empêcher, et il avait l'habitude de dire qu'une femme devrait être heureuse dans son propre cercle de famille. Mais enfin, comme je le disais à Mère, une femme veut son cercle à elle pour commencer, et je n'avais pas encore le mien.

'But how about Mr Hosmer Angel? Did he make no attempt to see you?'

'Well, father was going off to France again in a week, and Hosmer wrote and said that it would be safer and better not to see each other until he had gone. We would write in the meantime, and he used to write every day. I took the letters in the morning, so there was no need for father to know.'

'Were you engaged to the gentleman at this time?'

'Oh, yes, Mr Holmes. We were engaged after the first walk that we took. Hosmer – Mr Angel – was a cashier in an office in Leadenhall Street – and –'

'What office?'

'That's the worst of it, Mr Holmes, I don't know.'

'Where did he live then?'

'He slept on the premises.'

'And you don't know his address?'

'No – except that it was Leadenhall Street.'

'Where did you address your letters, then?'

'To the Leadenhall Street Post Office, to be left till called for. He said that if they were sent to the office he would be chaffed by all the other clerks about having letters from a lady, so I offered to typewrite them, like he did his, but he wouldn't have that, for he said that when I wrote them they seemed

– Mais, et Mr. Hosmer Angel ? N'a-t-il pas essayé de vous revoir ?

– Eh bien, Père repartait en France une semaine après, et Hosmer m'a écrit pour dire qu'il serait mieux et plus prudent de ne pas nous voir jusqu'à ce qu'il soit parti. Nous nous écririons pendant ce temps, et il a pris l'habitude de m'écrire chaque jour. Je ramassais les lettres dans la matinée, ainsi il n'y avait aucun besoin que Père le sache.

– Étiez-vous fiancée à ce monsieur à ce moment-là ?

– Oh oui, Mr. Holmes. Nous nous sommes fiancés après notre première promenade. Hosmer – Mr. Angel – était caissier dans un bureau à Leadenhall Street, et...

– Quel bureau ?

– Ça c'est le pire, Mr. Holmes, je n'en sais rien.

– Alors où habitait-il ?

– Il vivait dans l'immeuble[1].

– Et vous ne connaissez pas son adresse ?

– Non... sauf que c'était Leadenhall Street.

– Où adressiez-vous vos lettres alors ?

– Au bureau de poste de Leadenhall Street, en poste restante. Il disait que si elles étaient envoyées à son bureau il serait la risée de tous les autres employés parce qu'il recevait des lettres d'une dame ; aussi je lui ai proposé de les taper à la machine, comme il le faisait, mais il ne voulait pas car, disait-il, quand je les écrivais, elles paraissaient

1. *He slept on the premises* : littéralement, il dormait dans les locaux.

to come from me but when they were typewritten he always felt that the machine had come beween us. That will just show you how fond he was of me, Mr Holmes, and the little things that he would think of.'

'It was most suggestive,' said Holmes. 'It has long been an axiom of mine that the little things are infinitely the most important. Can you remember any other little things about Mr Hosmer Angel?'

'He was a very shy man, Mr Holmes. He would rather walk with me in the evening than in the daylight, for he said that he hated to be conspicuous. Very retiring and gentlemanly he was. Even his voice was gentle. He'd had the quinsy and swollen glands when he was young, he told me, and it had left him with a weak throat, and a hesitating, whispering fashion of speech. He was always well-dressed, very neat and plain, but his eyes were weak, just as mine are, and he wore tinted glasses against the glare.'

'Well, and what happened when Mr Windibank, your stepfather, returned to France?'

'Mr Hosmer Angel came to the house again, and proposed that we should marry before father came back. He was in dreadful earnest, and made me swear, with my hands on the Testament, that whatever happened I would always be true to him. Mother said he was quite right to make me swear,

venir de moi, mais quand elles étaient tapées il sentait toujours que la machine s'était mise entre nous. Cela vous montrera combien il était épris de moi, Mr. Holmes, et les petites choses auxquelles il pensait.

– C'est très suggestif, dit Holmes. Depuis longtemps une de mes maximes est que les petites choses sont infiniment les plus importantes. Pouvez-vous vous souvenir d'autres petites choses à propos de Mr. Hosmer Angel?

– C'était un homme très timide, Mr. Holmes. Il préférait se promener avec moi le soir plutôt qu'à la lumière du jour, car il disait qu'il n'aimait pas se faire remarquer. Il était très discret et comme il faut. Même sa voix était douce. Il avait eu les amygdales[1] enflées quand il était jeune, m'a-t-il dit, et cela lui avait laissé la gorge faible et une façon de parler hésitante et chuchotante. Il était toujours très bien habillé, très soigné et simple, mais il avait une mauvaise vue, tout comme moi, et il portait des verres teintés contre la lumière.

– Bien, et qu'est-il arrivé quand Mr. Windibank, votre beau-père, est reparti en France?

– Mr. Hosmer Angel est venu à nouveau à la maison et a proposé que nous nous mariions avant que Père revienne. Il était terriblement sérieux et m'a fait jurer, les mains sur la bible, que quoi qu'il arrive je serais toujours loyale envers lui. Mère a dit qu'il avait tout à fait raison de me faire jurer

1. *Quinsy* : terme médical, amygdalite aiguë.

and that it was a sign of his passion. Mother was all in his favour from the first, and was even fonder of him than I was. Then, when they talked of marrying within the week, I began to ask about father; but they both said never to mind about father, but just to tell him afterwards, and mother said she would make it all right with him. I didn't quite like that, Mr Holmes. It seemed funny that I should ask his leave, as he was only a few years older than me; but I didn't want to do anything on the sly, so I wrote to father at Bordeaux, where the Company has its French offices, but the letter came back to me on the very morning of the wedding.'

'It missed him then?'

'Yes, sir, for he had started to England just before it arrived.'

'Ha! that was unfortunate. Your wedding was arranged, then, for the Friday. Was it to be in church?'

'Yes, sir, but very quietly. It was to be at St Saviour's near King's Cross, and we were to have breakfast afterwards at the St Pancras Hotel. Hosmer came for us in a hansom, but as there were two of us, he put us both into it, and stepped himself into a four-wheeler which happened to be the only other cab in the street. We got to the church first, and when the four-wheeler drove up we waited for him to step out, but he never did, and when the cabman got down from the box and looked, there was no one there!

et que c'était un signe de sa passion. Mère lui était tout acquise depuis le début et l'appréciait même plus que moi. Ensuite, quand ils ont parlé de mariage dans la semaine, j'ai commencé à demander ce qu'il en était de Père, mais ils m'ont tous les deux dit qu'il ne fallait pas s'en faire pour Père, mais seulement le lui dire après coup, et Mère a dit qu'elle ferait en sorte que ça se passe bien. Je n'ai pas beaucoup aimé cela, Mr. Holmes. Cela paraissait bizarre de devoir lui demander son consentement car il était seulement âgé de quelques années de plus que moi, mais je ne voulais rien faire en cachette ; alors j'ai écrit à Père à Bordeaux où la compagnie a ses bureaux français, mais la lettre m'est revenue le matin même du mariage.

– Elle l'a manqué alors ?

– Oui monsieur, car il était reparti pour l'Angleterre juste avant qu'elle n'arrive.

– Ha ! ce n'était pas de chance. Votre mariage était donc prévu pour le vendredi. Devait-il avoir lieu à l'église ?

– Oui monsieur, mais de manière très intime. Il devait avoir lieu à Saint-Sauveur, près de King's Cross, et nous devions ensuite aller prendre le petit déjeuner à l'Hôtel Saint-Pancras. Hosmer est venu nous chercher en taxi, mais comme nous étions deux, il nous a fait monter dedans et lui-même a pris un fiacre qui se trouvait être le seul autre taxi dans la rue. Nous sommes arrivées en premier à l'église et quand le fiacre est arrivé, nous attendions qu'il en descende, mais il ne l'a jamais fait ; quand le cocher est descendu du siège et a regardé, il n'y avait personne !

The cabman said he could not imagine what had become of him, for he had seen him get in with his own eyes. That was last Friday, Mr Holmes, and I have never seen or heard anything since then to throw any light upon what became of him.'

'It seems to me that you have been very shamefully treated,' said Holmes.

'Oh no, sir! He was too good and kind to leave me so. Why, all the morning he was saying to me that, whatever happened, I was to be true; and that even if something quite unforeseen occurred to separate us, I was always to remember that I was pledged to him, and that he would claim his pledge sooner or later. It seemed strange talk for a wedding morning, but what has happened since gives a meaning to it.'

'Most certainly it does. Your own opinion is, then, that some unforeseen catastrophe has occurred to him?'

'Yes, sir. I believe that he foresaw some danger, or else he would not have talked so. And then I think that what he foresaw happened.'

'But you have no notion as to what it could have been?'

'None.'

'One more question. How did your mother take the matter?'

'She was angry, and said that I was never to speak of the matter again.'

'And your father? Did you tell him?'

'Yes, and he seemed to think, with me, that something had happened, and that I should hear of Hosmer again. As he said,

Le cocher a dit qu'il n'avait aucune idée de ce qu'il était devenu car il l'avait vu monter de ses propres yeux. C'était vendredi dernier, Mr. Holmes, et je n'ai rien vu ni entendu depuis lors qui pourrait faire la lumière sur ce qui lui est arrivé.

– Il me semble que vous avez été honteusement traitée, dit Holmes.

– Oh non, monsieur ! Il était trop bon et trop attentionné pour me laisser tomber ainsi. Comment ! il m'a dit toute la matinée que quoi qu'il arrive, je devais être fidèle et que, même si quelque chose d'imprévu survenait pour nous séparer, je devais toujours me souvenir que je lui étais promise et qu'il réclamerait son dû tôt ou tard. Cela semble une étrange conversation pour un matin de mariage, mais ce qui est arrivé depuis lui donne un sens.

– Très certainement. Votre propre opinion est donc qu'une catastrophe imprévue lui est arrivée ?

– Oui, monsieur. Je crois qu'il a pressenti un danger sinon il ne m'aurait pas parlé ainsi. Et je pense que ce qu'il avait pressenti est arrivé.

– Mais vous n'avez aucune idée de ce que cela aurait pu être ?

– Aucune.

– Encore une question. Comment votre mère a-t-elle pris l'affaire ?

– Elle était en colère et a dit que je ne devais jamais en reparler.

– Et votre père ? Lui avez-vous dit ?

– Oui, et il semblait penser, comme moi, que quelque chose était arrivé et que j'entendrais parler d'Hosmer à nouveau. Comme il l'a dit,

what interest could anyone have in bringing me to the doors of the church, and then leaving me? Now, if he had borrowed my money, or if he had married me and got my money settled on him, there might be some reason; but Hosmer was very independent about money, and never would look at a shilling of mine. And yet what could have happened? And why could he not write? Oh, it drives me half mad to think of it! and I can't sleep a wink at night.' She pulled a little handkerchief out of her muff, and began to sob heavily into it.

'I shall glance into the case for you,' said Holmes, rising, 'and I have no doubt that we shall reach some definite result. Let the weight of the matter rest upon me now, and do not let your mind dwell upon it further. Above all, try to let Mr Hosmer Angel vanish from your memory, as he has done from your life.'

'Then you don't think I'll see him again?'

'I fear not.'

'Then what has happened to him?'

'You will leave that question in my hands. I should like an accurate description of him, and any letters of his which you can spare.'

'I advertised for him in last Saturday's *Chronicle*,' said she. 'Here is the slip, and here are four letters from him.'

'Thank you. And your address?'

'31 Lyon Place, Camberwell.'

quel intérêt pourrait-il y avoir à m'amener aux portes de l'église et ensuite à m'abandonner ? Or, s'il m'avait emprunté de l'argent ou s'il m'avait épousée et s'était constitué une rente avec mon argent, il y aurait peut-être eu des raisons ; mais Hosmer était très indépendant financièrement et il n'aurait jamais touché un shilling à moi. Et pourtant qu'a-t-il pu arriver ? Et pourquoi n'a-t-il pas pu écrire ? Oh, cela me rend à moitié folle d'y penser ! et je ne peux pas fermer l'œil de la nuit. » Elle sortit un petit mouchoir de son manchon et commença à sangloter bruyamment.

« Je vais jeter un coup d'œil à votre cas, dit Holmes en se levant, et je ne doute pas que nous arrivions à un résultat précis. Laissez le poids de l'affaire reposer sur moi maintenant et ne permettez pas à votre esprit de s'appesantir dessus plus longtemps. Par-dessus tout, essayez de laisser Mr. Hosmer Angel s'évanouir de votre mémoire, comme il l'a fait de votre vie.

– Alors vous ne croyez pas que je le reverrai ?

– Je crains que non.

– Alors que lui est-il arrivé ?

– Vous allez laisser cette question entre mes mains. Je voudrais une description précise de lui ainsi que toutes les lettres dont vous pouvez vous séparer.

– J'ai mis une annonce à son sujet dans le *Chronicle* de samedi dernier, dit-elle. Voici la coupure, et voici quatre lettres de lui.

– Merci. Et votre adresse ?

– 31 Lyon Place, Camberwell.

'Mr Angel's address you never had, I understand. Where is your father's place of business?'

'He travels for Westhouse & Marbank, the great claret importers of Fenchurch Street.'

'Thank you. You have made your statement very clearly. You will leave the papers here, and remember the advice which I have given you. Let the whole incident be a sealed book, and do not allow it to affect your life.'

'You are very kind, Mr Holmes, but I cannot do that. I shall be true to Hosmer. He shall find me ready when he comes back.'

For all the preposterous hat and the vacuous face, there was something noble in the simple faith of our visitor which compelled our respect. She laid her little bundle of papers upon the table, and went her way, with a promise to come again whenever she might be summoned.

Sherlock Holmes sat silent for a few minutes with his finger-tips still pressed together, his legs stretched out in front of him, and his gaze directed upwards to the ceiling. Then he took down from the rack the old and oily clay pipe, which was to him as a counsellor, and, having lit it, leaned back in his chair, with the thick blue cloud-wreaths spinning up from him, and a look of infinite languor in his face.

– Vous n'avez jamais eu l'adresse de Mr. Angel, si j'ai compris. Quel est le lieu de travail de votre père ?

– Il est représentant pour Westhouse & Marbank, les grands importateurs de vins[1] de Fenchurch Street.

– Merci. Vous m'avez rendu votre situation très claire. Vous allez laisser les papiers ici et souvenez-vous du conseil que je vous ai donné. Laissez tout cet incident devenir un livre clos, et ne lui permettez pas d'affecter votre vie.

– Vous êtes très gentil, Mr. Holmes, mais je ne peux pas faire ça. Je dois être loyale envers Hosmer. Il doit me trouver prête quand il reviendra. »

En dépit de son chapeau ridicule et de son visage sot, il y avait quelque chose de noble dans la foi simple de notre visiteuse qui forçait notre respect. Elle posa son petit paquet de papiers sur la table et s'en alla son chemin, avec la promesse de revenir quand elle serait convoquée.

Sherlock Holmes resta assis silencieusement quelques minutes, le bout des doigts toujours joint, les jambes étendues devant lui et le regard dirigé vers le plafond. Puis il prit dans le râtelier une vieille pipe graisseuse en argile qui était pour lui comme une conseillère, et l'ayant allumée, il se renversa dans sa chaise alors que s'élevaient au-dessus de lui d'épaisses volutes de fumée bleue et qu'il y avait sur son visage une expression de langueur infinie.

1. *Claret* : vin de Bordeaux.

'Quite an interesting study, that maiden,' he observed. 'I found her more interesting than her little problem, which, by the way, is rather a trite one. You will find parallel cases, if you consult my index, in Andover in '77, and there was something of the sort at The Hague last year. Old as is the idea, however, there were one or two details which were new to me. But the maiden herself was most instructive.'

'You appear to read a good deal upon her which was quite invisible to me,' I remarked.

'Not invisible, but unnoticed, Watson. You did not know where to look, and so you missed all that was important. I can never bring you to realize the importance of sleeves, the suggestiveness of thumb-nails, or the great issues that may hang from a bootlace. Now what did you gather from that woman's appearance? Describe it.'

'Well, she had a slate-coloured, broad-brimmed straw hat, with a feather of a brickish red. Her jacket was black, with black beads sewn upon it, and a fringe of little black jet ornaments. Her dress was brown, rather darker than coffee colour, with a little purple plush at the neck and sleeves. Her gloves were greyish, and were worn through at the right forefinger. Her boots I didn't observe. She had small, round, hanging gold ear-rings, and a general air of being fairly well-to-do, in a vulgar, comfortable, easy-going way.'

« Un cas intéressant, cette jeune femme, fit-il observer. Je l'ai trouvée plus intéressante que son petit problème qui, d'ailleurs, en est un banal. Vous trouverez des cas semblables, si vous consultez mon répertoire à Andover en 77 et il y a eu quelque chose de la sorte l'année dernière à La Haye. Bien que l'idée soit ancienne, il y a un ou deux détails qui étaient nouveaux pour moi. Mais la jeune femme elle-même était plus instructive.

– Vous semblez avoir lu en elle bien des choses qui ont été tout à fait invisibles pour moi, fis-je remarquer.

– Pas invisibles, mais négligées, Watson. Vous n'avez pas su où regarder, du coup vous avez manqué tout ce qui était important. Je ne parviens pas à vous faire comprendre l'importance des manches, le caractère suggestif des ongles, ou les grands résultats qui peuvent découler d'un lacet de bottine. Maintenant, qu'avez-vous recueilli de l'apparence de cette femme ? Décrivez.

– Eh bien, elle avait un chapeau aux larges bords, en paille de couleur ardoise avec une plume rouge brique. Sa veste était noire avec des perles noires cousues dessus et une frange de petits ornements en jais noir. Sa robe était marron, plutôt plus foncée que la couleur du café, avec une petite peluche pourpre au cou et aux manches. Ses gants étaient gris et usés à l'index droit. Je n'ai pas observé ses bottines. Elle avait de petites boucles d'oreilles rondes, pendantes, en or, et une apparence générale de prospérité honnête, confortable, commune. »

Sherlock Holmes clapped his hands softly together and chuckled.

' 'Pon my word, Watson, you are coming along wonderfully. You have really done very well indeed. It is true that you have missed everything of importance, but you have hit upon the method, and you have a quick eye for colour. Never trust to general impressions, my boy, but concentrate yourself upon details. My first glance is always at a woman's sleeve. In a man it is perhaps better first to take the knee of the trouser. As you observe, this woman had plush upon her sleeves, which is a most useful material for showing traces. The double line a little above the wrist, where the typewritist presses against the table, was beautifully defined. The sewing-machine, of the hand type, leaves a similar mark, but only on the left arm, and on the side of it farthest from the thumb, instead of being right across the broadest part, as this was. I then glanced at her face, and observing the dint of a pince-nez at either side of her nose, I ventured a remark upon short sight and typewriting, which seemed to surprise her.'

'It surprised me.'

'But, surely, it was very obvious. I was then much surprised and interested on glancing down to observe that, though the boots which she was wearing were not unlike each other, they were really odd ones, the one having a slightly decorated toe-cap, and the other a plain one.

Sherlock Holmes tapa doucement ses mains l'une contre l'autre et étouffa un petit rire.

« Ma parole, Watson, vous y arrivez merveilleusement. Vous avez vraiment bien réussi en fait. Il est vrai que vous avez manqué tout l'important, mais vous avez saisi la méthode et vous avez un œil vif pour les couleurs. Ne vous fiez jamais aux impressions générales, mon garçon, mais concentrez-vous sur les détails. Mon premier regard est toujours pour les manches d'une femme. Quand il s'agit d'un homme, il est peut-être mieux de considérer en premier le genou du pantalon. Comme vous l'avez observé, cette femme avait de la peluche sur ses manches, ce qui est la matière la plus utile pour mettre en évidence les traces. La double ligne un peu au-dessus du poignet, là où celui qui tape à la machine s'appuie sur la table, était magnifiquement précise. La machine à coudre manuelle laisse une marque similaire, mais seulement sur le bras gauche et sur le côté le plus éloigné du pouce, au lieu d'être juste au milieu de la partie la plus large, comme ça l'était ici. J'ai ensuite regardé son visage et, en observant l'empreinte du pince-nez de chaque côté du nez, j'ai risqué une remarque sur la mauvaise vue et la machine à écrire, ce qui a semblé la surprendre.

– Cela m'a surpris.

– Mais, sans aucun doute, c'était évident. J'ai ensuite été plus étonné et intéressé en regardant vers le bas pour remarquer que, bien que les bottines qu'elle portait ne soient pas dépareillées, elles étaient réellement étranges, l'une ayant un bout rapporté légèrement décoré et l'autre en ayant un uni.

One was buttoned only in the two lower buttons out of five, and the other at the first, third, and fifth. Now, when you see that a young lady, otherwise neatly dressed, has come away from home with odd boots, half-buttoned, it is no great deduction to say that she came away in a hurry.'

'And what else?' I asked, keenly interested, as I always was, by my friend's incisive reasoning.

'I noted, in passing, that she had written a note before leaving home, but after being fully dressed. You observed that her right glove was torn at the forefinger, but you did not apparently see that both glove and finger were stained with violet ink. She had written in a hurry, and dipped her pen too deep. It must have been this morning, or the mark would not remain clear upon the finger. All this is amusing, though rather elementary, but I must go back to business, Watson. Would you mind reading me the advertised description of Mr Hosmer Angel?'

I held the little printed slip to the light. 'Missing,' it said, 'on the morning of the 14th, a gentleman named Hosmer Angel. About 5 ft 7 in in height; strongly built, sallow complexion, black hair, a little bald in the centre, bushy black side whiskers and moustache; tinted glasses, slight

L'une était boutonnée seulement avec les deux boutons du bas sur les cinq et l'autre avec le premier, le troisième et le cinquième. Maintenant, quand vous voyez qu'une jeune femme, par ailleurs soigneusement habillée, est sortie de chez elle avec des bottines curieuses, à moitié boutonnées, ce n'est pas une grande déduction que de dire qu'elle est venue à la hâte.

– Et quoi d'autre ? », demandai-je, profondément intéressé, comme je l'étais toujours, par les raisonnements incisifs de mon ami.

« J'ai noté, en passant, qu'elle avait écrit un mot avant de partir de chez elle, mais après s'être entièrement habillée. Vous avez remarqué que son gant droit était déchiré à l'index, mais vous n'avez apparemment pas vu que le gant et le doigt étaient tachés d'encre violette. Elle avait écrit précipitamment et plongé son stylo trop profond. Cela doit avoir eu lieu ce matin, ou la marque ne serait pas restée nettement sur le doigt. Tout cela est divertissant, bien qu'assez élémentaire, mais je dois retourner au travail, Watson. Cela vous ennuie-t-il de me lire la description de Mr. Hosmer Angel dans l'annonce ? »

Je tins le petit morceau de papier imprimé à la lumière. Cela disait : « Disparu le matin du 14 un monsieur nommé Hosmer Angel. Taille d'environ 5 pieds 7 pouces[1], assez fort, teint mat, cheveux noirs, un peu chauve au sommet du crâne, épais favoris noirs et moustache ; lunettes teintées, petite

1. *5 ft 7 in (5 feet 7 inches)* : environ 1, 70 m.

infirmity of speech. Was dressed, when last seen, in black frock-coat faced with silk, black waistcoat, gold Albert chain, and grey Harris tweed trousers, with brown gaiters over elastic-sided boots. Known to have been employed in an office in Leadenhall Street. Anybody bringing,' etc., etc.

'That will do,' said Holmes. 'As to the letters,' he continued glancing over them, 'they are very commonplace. Absolutely no clue in them to Mr Angel, save that he quotes Balzac once. There is one remarkable point, however, which will no doubt strike you.'

'They are typewritten,' I remarked.

'Not only that, but the signature is typewritten. Look at the neat little "Hosmer Angel" at the bottom. There is a date you see, but no superscription, except Leadenhall Street, which is rather vague. The point about the signature is very suggestive – in fact, we may call it conclusive.'

'Of what?'

'My dear fellow, is it possible you do not see how strongly it bears upon the case?'

'I cannot say that I do, unless it were that he wished to be able to deny his signature if an action for breach of promise were instituted.'

'No, that was not the point. However, I shall write two letters which should settle the matter. One is to a firm in the City,

infirmité de langage. Était habillé, quand vu dernière fois, d'une redingote noire garnie de soie, gilet noir, chaîne de montre en or[1] et pantalon en tweed Harris[2] gris avec guêtres marron sur bottes à côtés élastiques. Connu pour avoir travaillé dans un bureau à Leadenhall Street. Quiconque aurait... », etc, etc.

« Cela fera l'affaire, dit Holmes. Quant aux lettres, dit-il en y jetant un coup d'œil, elles sont très banales. Absolument aucun indice sur Mr. Angel dedans, sauf qu'il cite une fois Balzac. Il y a cependant un point à noter qui vous frappera sans doute.

– Elles sont tapées à la machine, fis-je observer.

– Pas seulement cela, mais la signature est tapée. Regardez le petit "Hosmer Angel" soigné en bas. Il y a une date, voyez-vous, mais pas d'adresse excepté Leadenhall Street, ce qui est assez vague. Le point à propos de la signature est très suggestif ... en fait on peut dire qu'il est concluant.

– En quoi ?

– Mon cher ami, est-il possible que vous ne voyiez pas combien cela se rapporte à l'affaire ?

– Je ne peux pas le dire, à moins que ce soit parce qu'il ne voulait pas avoir à renier sa signature si une action pour rupture de fiançailles était engagée.

– Non, ce n'est pas le propos. Quoi qu'il en soit, je vais écrire deux lettres qui devraient résoudre l'affaire. Une à une firme de la City,

1. *Gold Albert chain* : chaîne de montre en or et à gros maillons.

2. *Harris tweed* : tweed en laine d'Écosse, filée, teinte et tissée à la main dans les îles Hébrides.

the other is to the young lady's stepfather, Mr Windibank, asking him whether he could meet us here at six o'clock tomorrow evening. It is just as well that we should do business with the male relatives. And now, Doctor, we can do nothing until the answers to those letters come, so we may put our little problem upon the shelf for the interim.'

I had had so many reasons to believe in my friend's subtle powers of reasoning, and extraordinary energy in action, that I felt that he must have some solid grounds for the assured and easy demeanour with which he treated the singular mystery which he had been called upon to fathom. Only once had I known him to fail, in the case of the King of Bohemia and of the Irene Adler photograph, but when I looked back to the weird business of the Sign of Four, and the extraordinary circumstances connected with the Study in Scarlet, I felt that it would be a strange tangle indeed which he could not unravel.

I left him then, still puffing at his black clay pipe, with the conviction that when I came again on the next evening I would find that he held in his hands all the clues which would lead up to the identity of the disappearing bridegroom of Miss Mary Sutherland.

A professional case of great gravity was engaging my own attention at the time, and the whole of next day I was busy at the bedside of the sufferer. It was not until close upon six o'clock that I found myself free, and was able to spring into a hansom and drive to Baker Street,

l'autre au beau-père de la jeune femme, Mr. Windibank, pour lui demander s'il pourrait nous rencontrer ici demain à six heures du soir. C'est aussi bien de faire affaire avec la gent masculine. Et maintenant, docteur, nous ne pouvons plus rien faire avant de recevoir la réponse à ces lettres, aussi nous pouvons mettre notre petit problème de côté pour le moment. »

J'avais eu tant de motifs de croire aux subtils pouvoirs de raisonnement de mon ami et à son extraordinaire énergie dans l'action que je sentis qu'il devait y avoir de solides raisons à l'attitude assurée et dégagée avec laquelle il traitait ce singulier mystère qu'il avait été appelé à sonder. Une fois seulement je l'avais vu échouer, dans l'affaire du roi de Bohême et de la photographie d'Irène Adler, mais quand je me souvenais de la curieuse histoire du *Signe des Quatre* et des circonstances extraordinaires liées à l'*Étude en rouge*, je sentais que ce serait un bien étrange enchevêtrement s'il ne pouvait pas le démêler.

Je le laissai donc, tirant toujours des bouffées de sa pipe noire en argile, avec la conviction que quand je reviendrais le soir suivant, je le trouverais tenant entre ses mains tous les indices qui conduiraient à l'identité du futur époux disparu de miss Mary Sutherland.

Un problème professionnel d'une grande gravité accaparait mon attention à cette époque et, toute la journée du lendemain, je fus occupé au chevet du malade. Ce n'est pas avant six heures que je me trouvai libre et pus sauter dans un taxi et me faire conduire à Baker Street,

half afraid that I might be too late to assist at the *dénouement* of the little mystery. I found Sherlock Holmes alone, however, half asleep, with his long thin form curled up in the recesses of his arm-chair. A formidable array of bottles and test-tubes, with the pungent cleanly smell of hydrochloric acid, told me that he had spent his day in the chemical work which was so dear to him.

'Well, have you solved it?' I asked as I entered.

'Yes. It was the bisulphate of baryta.'

'No, no, the mystery!' I cried.

'Oh, that! I thought of the salt that I have been working upon. There was never any mystery in the matter, though, as I said yesterday, some of the details are of interest. The only drawback is that there is no law, I fear, that can touch the scoundrel.'

'Who was he, then, and what was his object in deserting Miss Sutherland?'

The question was hardly out of my mouth, and Holmes had not yet opened his lips to reply, when we heard a heavy footfall in the passage, and a tap at the door.

'This is the girl's stepfather, Mr James Windibank,' said Holmes. 'He has written to me to say that he would be here at six. Come in!'

The man who entered was a sturdy middle-sized fellow, some thirty years of age,

à moitié inquiet d'arriver trop tard pour assister au *dénouement* du petit mystère. Cependant, je trouvai Sherlock Holmes seul, à demi endormi, son long corps mince pelotonné dans le creux de son fauteuil. Une formidable rangée de flacons et d'éprouvettes ainsi que l'évidente odeur âcre de l'acide chlorhydrique me dirent qu'il avait passé la journée à faire de la chimie, occupation qui lui était très chère.

« Eh bien, l'avez-vous résolu ? demandai-je en entrant.

– Oui. C'était du bisulphate de baryte[1].

– Non, non, le mystère ! criai-je.

– Oh ça ! je pensais au sulphate sur lequel j'ai travaillé. Il n'y a jamais eu aucun mystère dans cette affaire, bien que, comme je l'ai dit hier, certains détails aient de l'intérêt. Le seul inconvénient est qu'il n'y a pas de loi, je le crains, qui puisse atteindre le coquin.

– Qui était-il alors, et quel était son but en abandonnant miss Sutherland ?

La question était à peine sortie de ma bouche et Holmes n'avait pas encore ouvert les lèvres pour répondre que nous entendîmes un pas lourd dans le couloir et on frappa à la porte.

« Voici le beau-père de la fille, Mr. James Windibank, dit Holmes. Il m'a écrit pour dire qu'il serait être ici à six heures. Entrez ! »

L'homme qui entra était un individu robuste, de taille moyenne, âgé d'environ trente ans,

1. Bisulphate de baryte ou barytine. La baryte est un minéral, blanc, fibreux et insoluble dans l'eau.

clean shaven, and sallow skinned, with a bland, insinuating manner, and a pair of wonderfully sharp and penetrating grey eyes. He shot a questioning glance at each of us, placed his shiny top-hat upon the sideboard, and with a slight bow, sidled down into the nearest chair.

'Good evening, Mr James Windibank,' said Holmes. 'I think that this typewritten letter is from you, in which you made an appointment with me for six o'clock!'

'Yes, sir. I am afraid that I am a little late, but I am not quite my own master, you know. I am sorry that Miss Sutherland has troubled you about this little matter, for I think it is far better not to wash linen of this sort in public. It was quite against my wishes that she came, but she is a very excitable, impulsive girl, as you may have noticed, and she is not easily controlled when she has made up her mind on a point. Of course, I do not mind you so much, as you are not connected with the official police, but it is not pleasant to have a family misfortune like this noised abroad. Besides, it is a useless expense, for how could you possibly find this Hosmer Angel?'

'On the contrary,' said Holmes quietly; 'I have every reason to believe that I will succeed in discovering Mr Hosmer Angel.'

Mr Windibank gave a violent start, and dropped his gloves. 'I am delighted to hear it,' he said.

rasé de près et le teint mat, avec des manières suaves, insinuantes et une étonnante paire d'yeux gris, étonnamment vifs et pénétrants. Il décocha un regard interrogateur à chacun de nous, posa son chapeau luisant sur le buffet et, avec une légère courbette, se glissa sur la chaise la plus proche.

« Bonsoir, Mr. James Windibank, dit Holmes. Je pense que cette lettre tapée à la machine, dans laquelle vous me donniez rendez-vous à six heures, est de vous.

– Oui, monsieur. Je crains d'être un peu en retard, mais je ne suis pas tout à fait mon propre maître, vous savez. Je suis désolé que miss Sutherland vous ait ennuyé avec cette petite affaire, car je pense qu'il est bien mieux de ne pas laver le linge de cette sorte en public. C'est tout à fait contre mon gré qu'elle est venue, mais c'est une fille très impressionnable, impulsive, comme vous l'avez peut-être remarqué, et elle n'est pas facile à contrôler quand elle a pris une décision à un sujet. Bien sûr, je ne trouve rien à redire puisque vous n'êtes pas lié à la police officielle, mais il n'est guère plaisant de voir une infortune familiale, comme cette affaire, être ébruitée. En outre, c'est une dépense inutile, car comment pourriez-vous retrouver cet Hosmer Angel ?

– Au contraire, dit Holmes calmement ; j'ai toutes les raisons de croire que je réussirai à découvrir Mr. Hosmer Angel. »

Mr. Windibank sursauta violemment et laissa tomber ses gants. « Je suis ravi de l'entendre, dit-il.

'It is a curious thing,' remarked Holmes, 'that a typewriter has really quite as much individuality as a man's handwriting. Unless they are quite new, no two of them write exactly alike. Some letters get more worn than others, and some wear only on one side. Now, you remark in this note of yours, Mr Windibank, that in every case there is some little slurring over of the "e", and a slight defect in the tail of the "r". There are fourteen other characteristics, but those are the more obvious.'

'We do all our correspondence with this machine at the office, and no doubt it is a little worn,' our visitor answered, glancing keenly at Homes with his bright little eyes.

'And now I will show you what is really a very interesting study, Mr Windibank,' Holmes continued. 'I think of writing another little monograph some of these days on the typewriter and its relation to crime. It is a subject to which I have devoted some little attention. I have here four letters which purport to come from the missing man. They are all typewritten. In each case, not only are the "e's" slurred and the "r's" tailless, but you will observe, if you care to use my magnifying lens, that the fourteen other characteristics to which I have alluded are there as well.'

– C'est une chose curieuse, remarqua Holmes, qu'une machine à écrire ait presque autant de personnalité qu'une écriture. À moins qu'elles ne soient presque neuves, pas deux d'entre elles n'écrivent de manière semblable. Certaines lettres s'usent plus que d'autres et certaines s'usent seulement d'un côté. Maintenant vous remarquerez dans ce billet qui est le vôtre, Mr. Windibank, que dans chaque cas il y a une petite tache sur le "e" et un minuscule défaut dans la barre du "r". Il y a quatorze autres caractéristiques, mais celles-ci sont les plus évidentes.

– Nous faisons toute notre correspondance sur cette machine au bureau, et il n'y a pas de doute qu'elle soit un peu usée, répondit notre visiteur en regardant intensément Holmes avec ses petits yeux brillants.

– Et maintenant, je vais vous montrer ce qui est vraiment une étude très intéressante, poursuivit Holmes. Je pense rédiger, un de ces jours, une autre petite monographie sur la machine à écrire et ses liens avec le crime. C'est un sujet auquel j'ai consacré un peu d'attention. J'ai ici quatre lettres qui sont censées venir de l'homme disparu. Elles sont toutes tapées à la machine. Dans chaque cas, il n'y a pas seulement les "e" tachés et les "r" sans barre, mais vous observerez, si vous voulez bien utiliser ma loupe[1], que les quatorze autres caractéristiques auxquelles j'ai fait allusion sont là aussi. »

1. *Magnifying lens* : lentille grossissante.

Mr Windibank sprang out of his chair, and picked up his hat. 'I cannot waste time over this sort of fantastic talk, Mr Holmes,' he said. 'If you can catch the man, catch him, and let me know when you have done it.'

'Certainly,' said Holmes, stepping over and turning the key in the door. 'I let you know, then, that I have caught him!'

'What! where?' shouted Mr Windibank, turning white to his lips, and glancing about him like a rat in a trap.

'Oh, it won't do – really it won't,' said Holmes suavely. 'There is no possible getting out of it, Mr Windibank. It is quite too transparent, and it was a very bad compliment when you said it was impossible for me to solve so simple a question. That's right! Sit down, and let us talk it over.'

Our visitor collapsed into a chair with a ghastly face and a glitter of moisture on his brow. 'It – it's not actionable,' he stammered.

'I am very much afraid that it is not. But between ourselves, Windibank, it was as cruel, and selfish, and heartless a trick in a petty way as ever came before me. Now, let me just run over the course of events, and you will contradict me if I go wrong.'

The man sat huddled up in his chair, with his head sunk upon his breast, like one who is utterly crushed. Holmes stuck his feet up on the corner of the mantelpiece, and leaning back with his hands in his pockets, began talking, rather to himself, as it seemed, than to us.

Mr. Windibank bondit de sa chaise et ramassa son chapeau. «Je n'ai pas de temps à perdre avec ce genre de conversation loufoque, Mr. Holmes, dit-il. Si vous pouvez attraper cet homme, attrapez-le et faites-moi savoir quand vous l'aurez fait.

– Certainement, dit Holmes en faisant un pas et en tournant la clef dans la porte. Je vous fais savoir alors que je l'ai attrapé !

– Quoi ! Où ? hurla Mr. Windibank, les lèvres devenant blanches et regardant autour de lui comme un rat pris au piège.

– Oh ça ne prend pas... vraiment ça ne prend pas, dit suavement Holmes. Il n'y a aucune issue pour vous en sortir, Mr. Windibank. C'est vraiment trop transparent et c'était un très mauvais compliment que de dire qu'il m'était impossible de résoudre une question aussi simple. C'est ça ! Asseyez-vous et discutons-en. »

Notre visiteur s'effondra sur une chaise, le visage blafard et le front brillant de sueur. « Ce... ce n'est pas passible de poursuites, bégaya-t-il.

– Je crains beaucoup que non. Mais entre nous, Mr. Windibank, c'était la plaisanterie mesquine la plus cruelle, égoïste et insensible qui me soit jamais parvenue. Maintenant, laissez-moi passer en revue le cours des événements, et vous me contredirez si je me trompe. »

L'homme se tassa sur sa chaise, la tête inclinée sur la poitrine comme quelqu'un qui est complètement écrasé. Holmes cala ses pieds dans le coin de la cheminée et, s'appuyant en arrière, les mains dans les poches, commença à parler, plus à lui-même, à ce qu'il sembla, qu'à nous autres.

'The man married a woman very much older than himself for her money,' said he, 'and he enjoyed the use of the money of the daughter as long as she lived with them. It was a considerable sum for people in their position, and the loss of it would have made a serious difference. It was worth an effort to preserve it. The daughter was of a good, amiable disposition, but affectionate and warm-hearted in her ways, so that it was evident that with her fair personal advantages, and her little income, she would not be allowed to remain single long. Now her marriage would mean, of course, the loss of a hundred a year, so what does her stepfather do to prevent it? He takes the obvious course of keeping her at home, and forbidding her to seek the company of people of her own age. But soon he found that that would not answer for ever. She became restive, insisted upon her rights, and finally announced her positive intention of going to a certain ball. What does her clever stepfather do then? He conceives an idea more creditable to his head than to his heart. With the connivance and assistance of his wife he disguised himself, covered those keen eyes with tinted glasses, masked the face with a moustache and a pair of bushy whiskers, sunk that clear voice into an insinuating whisper, and doubly secure on account of the girl's short sight, he appears as Mr Hosmer Angel, and keeps off other lovers by making love himself.'

'It was only a joke at first,' groaned our visitor. 'We never thought that she would have been so carried away.'

– L'homme a épousé, pour son argent, une femme beaucoup plus âgée que lui, dit-il. Il a apprécié de se servir de l'argent de sa fille aussi longtemps qu'elle vivait avec eux. C'était une somme considérable pour des gens comme eux et la perdre aurait fait une sérieuse différence. Cela valait la peine de la préserver. La fille était d'un caractère agréable et aimable, mais elle était affectueuse et passionnée à sa manière, aussi il était évident qu'avec ses honnêtes qualités personnelles et son petit revenu, elle ne pourrait pas demeurer longtemps célibataire. Or son mariage signifierait bien sûr la perte d'une centaine de livres par an. Alors que fait son beau-père pour éviter cela ? Il prend le parti manifeste de la garder à la maison et de l'empêcher de rechercher la compagnie de gens de son âge. Mais bientôt il comprit que cela ne marcherait pas toujours. Elle devint rétive, fit valoir ses droits et annonça finalement son intention d'aller à un certain bal. Que fait alors l'ingénieux beau-père ? Il conçoit un plan à mettre au crédit plus de sa tête que de son cœur. Avec la complicité et l'aide de sa femme, il s'est déguisé, a recouvert ces yeux perçants de lunettes teintées, a masqué son visage avec une moustache et une paire d'épais favoris, baissé cette voix claire en un chuchotement insinuant et, doublement protégé par la mauvaise vue de la fille, il apparaît en Mr. Hosmer Angel et éloigne les autres prétendants en se faisant aimer lui-même.

– C'était seulement une plaisanterie au début, gémit notre visiteur, nous n'avons jamais pensé qu'elle serait aussi éprise.

'Very likely not. However that may be, the young lady was very decidedly carried away, and having quite made up her mind that her stepfather was in France, the suspicion of treachery never for an instant entered her mind. She was flattered by the gentleman's attentions, and the effect was increased by the loudly expressed admiration of her mother. Then Mr Angel began to call, for it was obvious that the matter should be pushed as far as it would go, if a real effect were to be produced. There were meetings, and an engagement, which would finally secure the girl's affections from turning towards anyone else. But the deception could not be kept up for ever. These pretended journeys to France were rather cumbrous. The thing to do was clearly to bring the business to an end in such a dramatic manner that it would leave a permanent impression upon the young lady's mind, and prevent her from looking upon any other suitor for some time to come. Hence those vows of fidelity exacted upon a Testament, and hence also the allusions to a possibility of something happening on the very morning of the wedding. James Windibank wished Miss Sutherland to be so bound to Hosmer Angel, and so uncertain as to his fate, that for ten years to come, at any rate, she would not listen to another man. As far as the church door he brought her, and then, as he could go no further, he conveniently vanished away by the old trick of stepping in at one door of a four-wheeler, and out at the other. I think that that was the chain of events, Mr Windibank!'

– Vraisemblablement pas. Quoi qu'il en soit, la jeune femme était décidément très éprise et, s'étant complètement faite à l'idée que son beau-père était en France, il ne lui est jamais venu à l'esprit de soupçonner une supercherie. Elle était flattée des attentions du monsieur et l'effet en était augmenté par l'admiration bruyamment exprimée de sa mère. Ensuite Mr. Angel commença à venir car il était évident que l'affaire devait être poussée aussi loin que possible si l'on voulait produire un réel effet. Il y eut des rencontres, des fiançailles qui auraient finalement empêché les affections de la fille de se fixer sur quelqu'un d'autre. Mais la duperie ne pouvait pas durer toujours. Ces prétendus voyages en France étaient assez difficiles à manier. La chose à faire était clairement de conduire l'affaire à sa fin de manière si dramatique que cela laisserait une impression durable dans l'esprit de la jeune fille et l'empêcherait de chercher un autre soupirant pour quelque temps. De là ces vœux de fidélité exigés sur une bible, de là aussi les allusions à la possibilité de quelque chose qui surviendrait le matin même du mariage. James Windibank voulait que miss Sutherland soit si liée à Hosmer Angel, et si incertaine quant à son sort, qu'en aucun cas elle n'écouterait un autre homme pour les dix années à venir. Il l'amena jusqu'à la porte de l'église et ensuite, comme il ne pouvait pas aller plus loin, il s'évapora commodément grâce au vieux tour qui consiste à monter dans un fiacre par une porte et à en ressortir par l'autre. Je pense que tel a été l'enchaînement des événements, Mr. Windibank ! »

Our visitor had recovered something of his assurance while Holmes had been talking, and he rose from his chair now with a cold sneer upon his pale face.

'It may be so, or it may not, Mr Holmes,' said he, 'but if you are so very sharp you ought to be sharp enough to know that it is you who are breaking the law now, and not me. I have done nothing actionable from the first, but as long as you keep that door locked you lay yourself open to an action for assault and illegal constraint.'

'The law cannot, as you say, touch you,' said Holmes, unlocking and throwing open the door, 'yet there never was a man who deserved punishment more. If the young lady has a brother or a friend he ought to lay a whip across your shoulders. By Jove!' he continued, flushing up at the sight of the bitter sneer upon the man's face, 'it is not part of my duties to my client, but here's a hunting-crop handy, and I think I shall just treat myself to –' He took two swift steps to the whip, but before he could grasp it there was a wild clatter of steps upon the stairs, the heavy hall door banged, and from the window we could see Mr James Windibank running at the top of his speed down the road.

'There's a cold-blooded scoundrel!' said Holmes, laughing, as he threw himself down into his chair once more. 'That fellow will rise from crime to crime until he does something very

Notre visiteur avait retrouvé un peu de son assurance pendant qu'Holmes parlait, et il se leva de sa chaise avec maintenant un ricanement glacial sur son visage pâle.

« C'est peut-être ainsi, ou peut-être pas, Mr. Holmes, dit-il, mais si vous êtes tellement malin, vous devriez être assez malin pour savoir que c'est vous qui enfreignez la loi maintenant et non moi. Je n'ai rien fait depuis le début qui soit passible de poursuites, mais aussi longtemps que vous gardez cette porte verrouillée, vous vous exposez vous-même à des poursuites pour agression et détention illégale.

– La loi ne peut pas vous atteindre, comme vous dites, dit Holmes, en déverrouillant la porte et en l'ouvrant brutalement, pourtant jamais personne n'a autant mérité une punition. Si la jeune fille avait un frère ou un ami, il devrait vous caresser les épaules avec un fouet. Par Jupiter ! poursuivit-il en s'empourprant à la vue du ricanement amer sur le visage de l'homme, cela ne fait pas partie de mes devoirs envers ma cliente, mais voici une cravache[1], et je crois que je vais m'offrir... » Il fit deux pas rapides vers la cravache, mais avant qu'il ait pu l'empoigner il y eut un violent bruit de pas dans l'escalier, la lourde porte du hall claqua et de la fenêtre, nous pûmes voir Mr. James Windibank dévaler la rue en courant aussi vite qu'il lui était possible.

« Voilà un coquin de sang-froid ! dit Holmes en riant pendant qu'il se renversait une nouvelle fois dans sa chaise. Le bonhomme grimpera de crime en crime jusqu'à ce qu'il fasse quelque chose de très

1. *Hunting-crop* : cravache à lanière permettant d'ouvrir les barrières lors d'une chasse à courre.

bad and ends on a gallows. The case has, in some respects, been not entirely devoid of interest.'

'I cannot now entirely see all the steps of your reasoning,' I remarked.

'Well, of course it was obvious from the first that this Mr Hosmer Angel must have some strong object for his curious conduct, and it was equally clear that the only man who really profited by the incident, as far as we could see, was the stepfather. Then the fact that the two men were never together, but that the one always appeared when the other was away, was suggestive. So were the tinted spectacles and the curious voice, which both hinted at a disguise, as did the bushy whiskers. My suspicions were all confirmed by his peculiar action in typewriting his signature, which of course inferred that his handwriting was so familiar to her that she would recognize even the smallest sample of it. You see all these isolated facts, together with many minor ones, all pointed in the same direction.'

'And how did you verify them?'

'Having once spotted my man, it was easy to get corroboration. I knew the firm for which this man worked. Having taken the printed description, I eliminated everything from it which could be the result of a disguise – the whiskers, the glasses, the voice, and I sent it to the firm, with a request that they would inform me whether it answered the description of any of their travellers. I had already noticed the peculiarities of the

mal et finisse sur une potence. L'affaire n'a pas été, à certains égards, complètement dépourvue d'intérêt.

– Je ne peux pas voir pour le moment toutes les étapes de votre raisonnement, fis-je remarquer.

– Eh bien, naturellement, il était évident dès le début que Mr. Hosmer Angel devait avoir de solides motifs à sa curieuse conduite, et il était également clair que le seul homme à qui profitait réellement l'incident, pour autant que nous sachions, était le beau-père. Ensuite le fait que les deux hommes n'étaient jamais ensemble, mais que l'un apparaissait toujours quand l'autre était parti, était suggestif. De même, les lunettes teintées et la voix bizarre suggéraient toutes deux un déguisement, tout comme les épais favoris. Mes soupçons furent tous confirmés par cette étrange façon de taper sa signature à la machine, ce qui bien sûr laissait supposer que son écriture lui était si familière qu'elle en reconnaîtrait même le plus petit échantillon. Vous voyez tous ces faits isolés, assemblés avec beaucoup d'autres petits, indiquent tous la même direction.

– Et comment les avez-vous vérifiés ?

– Ayant déjà repéré mon homme, il était facile d'avoir confirmation. Je connaissais l'entreprise pour laquelle il travaillait. J'ai pris la description imprimée, j'ai éliminé tout ce qui pouvait être le résultat d'un déguisement – les favoris, les lunettes, la voix –, et je l'ai envoyée à l'entreprise en demandant qu'ils m'informent si cela répondait à la description d'un de leurs voyageurs de commerce. J'avais déjà noté les particularités de la

typewriter, and I wrote to the man himself at his business address, asking him if he would come here. As I expected, his reply was typewritten, and revealed the same trivial but characteristic defects. The same post brought me a letter from Westhouse & Marbank, of Fenchurch Street, to say that the description tallied in every respect with that of their employee, James Windibank. *Voilà tout!*'

'And Miss Sutherland?'

'If I tell her she will not believe me. You may remember the old Persian saying, "There is danger for him who taketh the tiger cub, and danger also for whoso snatches a delusion from a woman." There is as much sense in Hafiz as in Horace, and as much knowledge of the world.'

machine à écrire et j'ai écrit à l'homme lui-même à son adresse professionnelle pour lui demander de venir ici. Comme je m'y attendais, sa réponse était tapée à la machine et révélait les mêmes défauts ordinaires mais caractéristiques. Le même courrier m'apporta une lettre de Westhouse & Marbank, de Fenchurch Street, pour dire que la description correspondait en tout point à celle de leur employé, Mr. James Windibank. Voilà tout !

– Et miss Sutherland ?

– Si je lui raconte, elle ne me croira pas. Vous vous souvenez peut-être du vieux proverbe persan : "Il y a du danger pour celui qui prend le petit du tigre, et du danger aussi pour celui qui ravit les illusions d'une femme." Il y a autant de sagesse dans Ḥāfiẓ[1] que dans Horace[2] et autant de connaissance du monde. »

1. Ḥāfiẓ (environ 1320-1389) : poète lyrique persan.
2. Horace (65-8 avant J.-C.) : poète latin.

The Man with the Twisted Lip
L'homme à la lèvre tordue

THE MAN WITH THE TWISTED LIP

Isa Whitney, brother of the late Elias Whitney, D.D., Principal of the Theological College of St George's, was much addicted to opium. The habit grew upon him, as I understand, from some foolish freak when he was at college, for having read De Quincey's description of his dreams and sensations, he had drenched his tobacco with laudanum in an attempt to produce the same effects. He found, as so many more have done, that the practice is easier to attain than to get rid of, and for many years he continued to be a slave to the drug, an object of mingled horror and pity to his friends and relatives. I can see him now, with yellow, pasty face, drooping lids and pin-point pupils, all huddled in a chair, the wreck and ruin of a noble man.

1. *DD : Doctor of Divinity.*
2. Thomas De Quincey (1785-1859) : Ecrivain anglais qui relata son expérience de l'opium dans *Confessions of an English*

L'HOMME
À LA LÈVRE TORDUE

Isa Whitney, frère de feu Elias Whitney, docteur en théologie[1], principal du Collège théologique de Saint-Georges, s'adonnait beaucoup à l'opium. L'habitude grandit en lui, si j'ai bien compris, à partir d'une lubie stupide quand il était au collège, car ayant lu la description que faisait De Quincey[2] de ses rêves et sensations, il avait mouillé son tabac de laudanum[3] pour tenter de produire les mêmes effets. Il découvrit, comme tant d'autres, que l'accoutumance est plus facile à acquérir qu'il n'est facile de s'en débarrasser ; et durant de nombreuses années il continua d'être un esclave de la drogue et un objet d'horreur mêlée de pitié pour ses amis et ses proches. Je peux le voir maintenant, avec le visage jaune, blafard, les paupières tombantes et les pupilles comme des têtes d'épingle, tout recroquevillé dans une chaise – la destruction et la ruine d'un homme respectable.

Opium Eater, ouvrage traduit en français par Charles Baudelaire.

3. Laudanum : teinture alcoolique à base d'opium.

One night – it was in June, '89 – there came a ring to my bell, about the hour when a man gives his first yawn, and glances at the clock. I sat up in my chair, and my wife laid her needlework down in her lap and made a little face of disappointment.

'A patient!' said she. 'You'll have to go out.'

I groaned, for I was newly come back from a weary day.

We heard the door open, a few hurried words, and then quick steps upon the linoleum. Our own door flew open, and a lady, clad in some dark-coloured stuff with a black veil, entered the room.

'You will excuse my calling so late,' she began, and then, suddenly losing her self-control, she ran forward, threw her arms about my wife's neck, and sobbed upon her shoulder. 'Oh! I'm in such trouble!' she cried; 'I do so want a little help.'

'Why,' said my wife, pulling up her veil, 'It is Kate Whitney. How you startled me, Kate! I had not an idea who you were when you came in.'

'I didn't know what to do, so I came straight to you.' That was always the way. Folk who were in grief came to my wife like birds to a lighthouse.

'It was very sweet of you to come. Now, you must have some wine and water,

Une nuit – c'était en juin 89 – on sonna à l'heure où un homme pousse son premier bâillement et jette un coup d'œil à l'horloge. Je me redressai dans ma chaise, ma femme posa sa couture sur ses genoux et fit une petite grimace de déception.

« Un patient ! dit-elle. Tu vas devoir sortir. »

Je gémis car je rentrais à peine d'une journée fatigante.

Nous entendîmes la porte s'ouvrir, quelques mots hâtifs, puis un pas rapide sur le linoléum. Notre porte s'ouvrit brutalement et une dame, vêtue d'une étoffe de couleur sombre, avec un voile noir, entra dans la pièce.

« Vous excuserez mon irruption si tard », commença-t-elle, puis, perdant soudain le contrôle d'elle-même, elle courut, jeta ses bras autour du cou de ma femme et se mit à sangloter sur son épaule. « Oh ! J'ai de tels ennuis ! s'écria-t-elle ; je voudrais tant un peu d'aide.

– Comment ! dit ma femme en soulevant son voile. C'est Kate Whitney. Comme vous m'avez surprise, Kate ! Je n'avais pas la moindre idée de qui vous étiez quand vous êtes entrée.

– Je ne savais pas quoi faire, aussi je suis venue directement à vous. » C'était toujours comme ça. Les gens en proie à l'affliction allaient vers ma femme comme des oiseaux vers un phare.

« C'est très gentil à vous d'être venue. Maintenant, vous allez prendre de l'eau et du vin,

and sit here comfortably and tell us all about it. Or should you rather that I sent James off to bed?'

'Oh, no, no. I want the Doctor's advice and help too. It's about Isa. He has not been home for two days. I am so frightened about him!'

It was not the first time that she had spoken to us of her husband's trouble, to me as a doctor, to my wife as an old friend and school companion. We soothed and comforted her by such words as we could find. Did she know where her husband was? Was it possible that we could bring him back to her?

It seemed that it was. She had the surest information that of late he had, when the fit was on him, made use of an opium den in the farthest east of the City. Hitherto his orgies had always been confined to one day, and he had come back, twitching and shattered, in the evening. But now the spell had been upon him eight-and-forty hours, and he lay there, doubtless, among the dregs of the docks, breathing in the poison or sleeping off the effects. There he was to be found, she was sure of it, at the 'Bar of Gold', in Upper Swandam Lane. But what was she to do? How could she, a young and timid woman, make her way into such a place, and pluck her husband out from among the ruffians who surrounded him?

There was the case, and of course there was but one way out of it. Might I not escort her to this place? And then, as a second thought, why should she come at all? I was Isa Whitney's medical adviser, and as such I had influence over him.

vous asseoir confortablement et tout nous dire. Ou préférez-vous que j'envoie James au lit?

– Oh, non, non. Je veux le conseil et l'aide du docteur aussi. C'est à propos d'Isa. Il n'est pas rentré à la maison depuis deux jours. Je suis si effrayée pour lui ! »

Ce n'était pas la première fois qu'elle nous parlait des problèmes de son mari, à moi comme docteur, à ma femme comme vieille amie et camarade d'école. Nous l'apaisâmes et la réconfortâmes avec les mots que nous pûmes trouver. Savait-elle où était son mari? Était-il possible que nous le lui ramenions?

Il semblait que ça l'était. Elle avait un renseignement des plus sûrs : dernièrement, quand il avait une crise, il se rendait dans une fumerie d'opium tout à l'est de la City. Jusqu'à présent ses orgies avaient toujours été limitées à une journée et il était revenu, en proie à des convulsions et abattu, dans la soirée. Mais cette fois, le sortilège était sur lui depuis quarante-huit heures et il gisait là-bas, sans aucun doute, au milieu des rebuts des quais, respirant le poison ou dormant sous ses effets. C'est là qu'on pourrait le trouver, elle en était sûre, au Bar de l'Or, dans Upper Swandam Lane. Mais que pouvait-elle faire? Comment elle, une jeune femme timide, pourrait-elle se frayer un chemin dans un tel endroit et arracher son mari à ces bandits qui l'entouraient?

Telle était l'affaire, et bien sûr il n'y avait qu'une solution. Ne pourrais-je l'escorter dans cet endroit? Et puis, tout bien réfléchi, pourquoi devrait-elle venir? J'étais le conseiller médical d'Isa et en temps que tel, j'avais de l'influence sur lui.

I could manage it better if I were alone. I promised her on my word that I would send him home in a cab within two hours if he were indeed at the address which she had given me. And so in ten minutes I had left my armchair and cheery sitting-room behind me, and was speeding eastward in a hansom on a strange errand, as it seemed to me at the time, though the future only could show how strange it was to be.

But there was no great difficulty in the first stage of my adventure. Upper Swandam Lane is a vile alley lurking behind the high wharves which line the north side of the river to the east of London Bridge. Between a slop shop and a gin shop, approached by a steep flight of steps leading down to a black gap like the mouth of a cave, I found the den of which I was in search. Ordering my cab to wait, I pressed down the steps, worn hollow in the centre by the ceaseless tread of drunken feet, and by the light of a flickering oil lamp above the door I found the latch and made my way into a long, low room, thick and heavy with the brown opium smoke, and terraced with wooden berths, like the forecastle of an emigrant ship.

Through the gloom one could dimly catch a glimpse of bodies lying in strange fantastic poses, bowed shoulders, bent knees, heads thrown back and chins pointing upwards, with here and there a dark, lack-lustre eye turned upon the new-comer. Out of the black shadows there glimmered little red circles of light,

Je pourrais mieux m'en tirer si j'étais seul. Je lui donnais ma parole que je le renverrais à la maison en fiacre dans les deux heures s'il était en effet à l'adresse qu'elle m'avait donnée. En dix minutes, j'avais laissé mon fauteuil et le salon accueillant derrière moi et me hâtais vers l'est en fiacre pour un étrange voyage : c'est ce qu'il me sembla à ce moment-là, cependant seul l'avenir me montrerait à quel point il devait être étrange.

Mais il n'y eut pas de grande difficulté dans la première partie de mon aventure. Upper Swandam Lane est une affreuse ruelle dissimulée derrière les hauts appontements qui bordent le côté nord de la rivière jusqu'à l'est de London Bridge. Entre une friperie et un bistro, après un escalier en pierre escarpé qui descendait vers un trou noir comme la bouche d'une grotte, je trouvai la fumerie que je cherchais. J'ordonnai à mon fiacre d'attendre et je descendis les marches, creusées en leur milieu par l'incessant va-et-vient des pieds d'ivrognes; grâce à la lumière vacillante d'une lampe à huile au-dessus de la porte, je trouvai le loquet et me frayai un chemin à travers une longue pièce basse, épaisse et lourde de fumée d'opium brune, bordée de couchettes en bois, comme le poste d'équipage d'un navire d'émigrants.

À travers l'obscurité on pouvait apercevoir des corps allongés dans des poses fantastiques, les épaules rentrées, les genoux pliés, les têtes rejetées en arrière et les mentons pointant vers le haut, avec ici et là un œil sombre, terne, tourné vers le nouvel arrivant. En dehors des ombres noires, luisaient de petits cercles rouges de lumière,

now bright, now faint, as the burning poison waxed or waned in the bowls of the metal pipes. The most lay silent, but some muttered to themselves, and others talked together in a strange, low, monotonous voice, their conversation coming in gushes, and then suddenly tailing off into silence, each mumbling out his own thoughts, and paying little heed to the words of his neighbour. At the farther end was a small brazier of burning charcoal, beside which on a three-legged wooden stool there sat a tall, thin old man, with his jaw resting upon his two fists, and his elbows upon his knees, staring into the fire.

As I entered, a sallow Malay attendant had hurried up with a pipe for me and a supply of the drug, beckoning me to an empty berth.

'Thank you, I have not come to stay,' said I. 'There is a friend of mine here, Mr Isa Whitney, and I wish to speak with him.'

There was a movement and an exclamation from my right, and peering through the gloom, I saw Whitney, pale, haggard, and unkempt, staring out at me.

'My God! It's Watson,' said he. He was in a pitiable state of reaction, with every nerve in a twitter. 'I say, Watson, what o'clock is it?'

'Nearly eleven.'

'Of what day?'

'Of Friday, June 19th.'

tantôt brillants, tantôt indistincts, selon que le poison brûlant croissait ou déclinait dans les fourneaux des pipes en métal. La plupart gisaient en silence, mais certains marmonnaient pour eux-mêmes et d'autres parlaient ensemble d'une étrange voix basse, monotone; leur conversation jaillissait, puis soudain s'éparpillait dans le silence, chacun murmurant ses pensées et prêtant peu d'attention à celles de son voisin. À l'extrémité la plus éloignée, il y avait un petit brasier de charbon qui brûlait, à côté duquel était assis sur un trépied en bois un homme grand, maigre, avec sa mâchoire qui reposait sur les poignets et ses coudes sur les genoux; il fixait le feu.

Comme j'entrai, un serviteur malien au teint jaunâtre s'était précipité avec une pipe pour moi et une dose de drogue, me désignant une couchette vide.

«Merci, je ne suis pas venu pour rester, dis-je. Un de mes amis est ici, Mr. Isa Whitney, et j'aimerais lui parler.»

Il y eut un mouvement et une exclamation sur ma droite, et en scrutant l'obscurité, je vis Whitney, pâle, hagard et décoiffé, qui me dévisageait.

«Mon Dieu! C'est Watson», dit-il. Il était dans un état de réaction pitoyable avec chaque nerf à fleur de peau[1]. «Je veux dire, Watson, quelle heure est-il?

– Presque onze heures.

– De quel jour?

– Du vendredi 19 juin.

1. *Twitter*: agitation, émoi.

'Good heavens! I thought it was Wednesday. It is Wednesday. What d'you want to frighten a chap for?' He sank his face on to his arms, and began to sob in a high treble key.

'I tell you that it is Friday, man. Your wife has been waiting this two days for you. You should be ashamed of yourself!'

'So I am. But you've got mixed, Watson, for I have only been here a few hours, three pipes, four pipes – I forget how many. But I'll go home with you. I wouldn't frighten Kate – poor little Kate. Give me your hand! Have you a cab?'

'Yes, I have one waiting.'

'Then I shall go in it. But I must owe something. Find what I owe, Watson. I am all off colour. I can do nothing for myself.'

I walked down the narrow passage between the double row of sleepers, holding my breath to keep out the vile, stupefying fumes of the drug, and looking about for the manager. As I passed the tall man who sat by the brazier I felt a sudden pluck at my skirt, and a low voice whispered, 'Walk past me, and then look back at me.' The words fell quite distinctly upon my ear. I glanced down. They could only have come from the old man at my side, and yet he sat now as absorbed as ever, very thin, very wrinkled, bent with age, an opium pipe dangling down from between his knees, as though it had dropped in sheer lassitude from his fingers. I took two steps forward and looked back.

1 Sir Arthur Conan Doyle, 1859-1930. Diplômé de médecine en 1881 à Édimbourg, Conan Doyle s'embarqua en qualité de médecin de bord et voyagea à travers les mers arctiques et le long des côtes africaines.

CONAN DOYLE'S Great New Serial Begins This Month.

THE STRAND MAGAZINE

FRY'S Cocoa
creates and sustains the flexible mind and the flexible body.
See Page 22.

SOUTHAMPTON STREET

Conan Doyle
relates another amazing adventure of
Professor G. E. Challenger
in his
NEW SERIAL
"THE POISON BELT."

No. 267. VOL. 45.
SIX PENCE.

MARCH, 1913.

Published monthly by GEORGE NEWNES, Ltd., 3 to 13, Southampton Street, Strand, London, England.

3

Alors qu'il exerçait encore la médecine, il commença à écrire des romans policiers qui furent publiés en feuilleton et illustrés dans *The Strand Magazine*.

2 Numéro de mars 1913.

3 Le Strand, photographie, vers 1890.

4 Reconstitution du bureau de Sherlock Holmes à Baker Street lors de l'exposition de Londres en 1951.

5 Portrait de Conan Doyle paru dans *Lamond's life*, 1892.

6 Conan Doyle, engagé volontaire comme médecin pendant la guerre des Boers.
Le succès des premiers récits de Sherlock Holmes décide progressivement Doyle à vivre de sa plume, alors qu'il était partagé entre sa carrière médicale et sa vocation littéraire.

5

6

Le cycle des aventures de Sherlock Holmes est concentré sur la période du règne d'Édouard VII et évoque le Londres de cette époque d'une manière stylisée, à la fois précise et pittoresque.

7 L'embarcadère de Londres vers 1910, photographie.

8 Piccadilly Circus, carte postale, vers 1905.

SP

Illustrations de Sidney Paget pour les aventures de Sherlock Holmes publiées dans *The Strand Magazine* :

9 « [...] j'avais les mains en travers de l'appui, quand le coup tomba », « Le pouce de l'ingénieur », 1892.

10 « Il y a cinq ans, durant une longue visite à Varsovie, j'ai fait la connaissance d'une aventurière célèbre [...] », « Un scandale en Bohême », 1891.

10

11 « [...] le petit domestique entra pour annoncer miss Mary Sutherland, alors que la dame elle-même surgissait derrière la petite silhouette noire comme la grand-voile d'un navire derrière un minuscule bateau », « Une affaire d'identité », 1891.

11

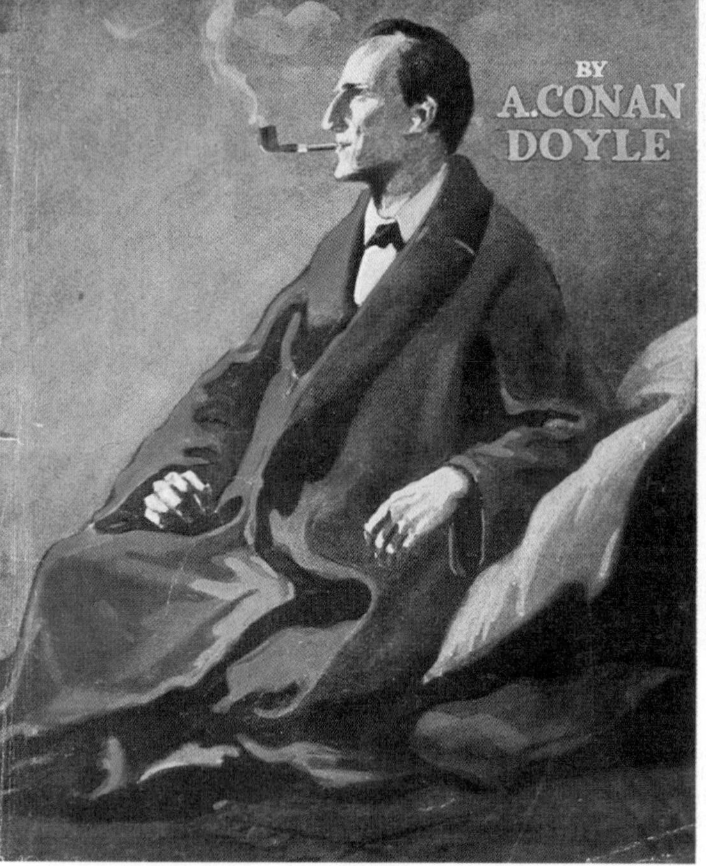
NEWNES SIXPENNY COPYRIGHT NOVELS
ADVENTURES OF SHERLOCK HOLMES
BY
A. CONAN DOYLE

13

Les aventures de Sherlock Holmes ont fait la fortune des médias et ont été plusieurs fois adaptées à l'écran aussi bien pour la télévision que pour le cinéma.

12 *The Adventures of Sherlock Holmes*, édition de 1910.

13 Reconstitution en studio de Baker Street pour un film tourné en 1921.

14

Illustrations de Sidney Paget pour les aventures de Sherlock Holmes publiées dans *The Strand Magazine* :
14 « [...] un domestique à l'air ivre, déplaisant, pourvu de favoris, doté d'un visage enflammé et vêtu de manière louche, pénétra dans la pièce », « Un scandale en Bohême », 1891.

15 « Si j'étais vous, je partirais, dit-elle en essayant vraiment, à ce qu'il me sembla, de parler calmement [...] », « Le pouce de l'ingénieur », 1892.

16 « C'est un mendiant professionnel, bien que pour éviter les réglementations de la police, il feigne de tenir un commerce d'allumettes », « L'homme à la lèvre tordue », 1891.

15

16

« Si nous pouvions nous envoler par la fenêtre, main dans la main, au-dessus de la grande ville, soulever lentement les toits, et regarder furtivement à l'intérieur les curieuses choses qui se passent, les étranges coïncidences, les tracés, les dessins croisés, l'incroyable enchaînement des événements [...] », « Une affaire d'identité », 1891.

17 O. Marcus, *Piccadilly*, 1894, lithographie.

Le personnage inventé par Conan Doyle devint si populaire qu'il fut porté au théâtre : ce fut William Gillette qui l'incarna.

18 Caricature de Gillette en Sherlock Holmes dans *Vanity Fair*, 1907.

18

« Quand je vous entends donner vos raisons [...] les choses m'apparaissent si ridiculement simples que je pourrais facilement les faire moi-même, bien qu'à chaque nouvel exemple successif de votre manière de raisonner je sois déconcerté jusqu'à ce que vous expliquiez votre procédé », « Un scandale en Bohême », 1891.
19 Basil Rathbone et Nigel Bruce in *Sherlock Holmes and the voice of terror*, film américain de John Rawlins, 1945.

Crédits photographiques

1 : Hulton-Deutsch, Londres. 2, 3, 4, 5, 6, 7, 8, 9, 10, 11, 12, 13, 14, 15, 16, 17, 18 : Mary Evans Picture Library, Londres. 19, *Couverture* : AKG Photo, Paris.

– Dieu du ciel ! Je pensais que c'était mercredi. C'est mercredi. Pourquoi voulez-vous effrayer un pauvre type ? » Il plongea son visage dans ses bras et commença à sangloter d'un ton aigu.

« Je te dis que nous sommes vendredi, bonhomme. Ta femme t'attend depuis deux jours. Tu devrais avoir honte de toi !

– J'ai honte. Mais vous confondez, Watson, car je suis seulement ici depuis quelques heures, trois pipes, quatre pipes... j'ai oublié combien. Mais je vais rentrer avec vous. Je ne voulais pas faire peur à Kate, pauvre petite Kate. Donnez-moi votre main ! Avez-vous un fiacre ?

– Oui, j'en ai un qui attend.

– Alors je devrais y aller. Mais je dois devoir quelque chose. Trouvez ce que je dois, Watson. Je ne suis pas dans mon assiette. Je ne peux rien faire par moi-même. »

Je longeai l'étroit passage entre la double rangée de dormeurs, en retenant ma respiration pour éviter les horribles vapeurs stupéfiantes de la drogue, et je cherchai le patron. Alors que je passais près du grand homme assis près du brasier, je sentis soudain qu'on tirait sur le pan de ma veste et une voix basse chuchota : « Passez près de moi, puis retournez-vous pour me regarder. » Les mots tombèrent très distinctement dans mon oreille. Je regardai vers le bas. Ils ne pouvaient venir que du vieil homme à mes côtés, et pourtant il était assis plus absorbé que jamais, très maigre, très ridé, plié par l'âge ; une pipe d'opium pendait entre ses genoux comme si elle était tombée de ses doigts dans une complète lassitude. Je fis deux pas et regardai en arrière.

It took all my self-control to prevent me from breaking out into a cry of astonishment. He had turned his back so that none could see him but I. His form had filled out, his wrinkles were gone, the dull eyes had regained their fire, and there, sitting by the fire, and grinning at my surprise, was none other than Sherlock Holmes. He made a slight motion to me to approach him, and instantly, as he turned his face half round to the company once more, subsided into a doddering, loose-lipped senility.

'Holmes!' I whispered, 'what on earth are you doing in this den?'

'As low as you can,' he answered, 'I have excellent ears. If you would have the great kindness to get rid of that sottish friend of yours, I should be exceedingly glad to have a little talk with you.'

'I have a cab outside.'

'Then pray send him home in it. You may safely trust him, for he appears to be too limp to get into any mischief. I should recommend you also to send a note by the cabman to your wife to say that you have thrown in your lot with me. If you will wait outside, I shall be with you in five minutes.'

It was difficult to refuse any of Sherlock Holmes's requests, for they were always so exceedingly definite, and put forward with such an air of mastery. I felt, however, that when Whitney was

Il me fallut tout mon sang-froid pour éviter de pousser un cri d'étonnement. Il s'était retourné, aussi personne ne pouvait le voir, sauf moi. Sa silhouette s'était remplumée, ses rides avaient disparu, ses yeux ternes avaient retrouvé leur éclat, et là, assis près du feu, grimaçant de ma surprise, n'était autre que Sherlock Holmes. Il me fit un petit signe pour que je m'approche, et, alors qu'il tournait son visage vers l'assemblée, une nouvelle fois, il retomba dans une tremblotante sénilité, la lèvre pendante.

« Holmes ! chuchotai-je, que diable faites-vous dans cette fumerie ?

– Aussi bas que vous pouvez, répondit-il. J'ai d'excellentes oreilles. Si vous aviez la grande gentillesse de vous débarrasser de votre drogué [1] d'ami, je serais excessivement heureux d'avoir une petite conversation avec vous.

– J'ai un fiacre dehors.

– Alors je vous en prie, renvoyez-le chez lui. Vous pouvez le confier en toute sécurité, car il semble trop faible pour faire quelque mauvais tour. Je vous recommanderais aussi d'envoyer un mot par le cocher à votre femme pour dire que vous avez partagé votre destin avec moi. Si vous m'attendiez dehors, je serai à vous dans quelques minutes. »

Il était difficile de refuser une des requêtes de Sherlock Holmes car elles étaient toujours extrêmement précises et magistralement présentées. Néanmoins, je sentis que, quand Whitney serait

1. *Sottish* : littéralement, abruti par l'alcoolisme.

once confined in the cab, my mission was practically accomplished; and for the rest, I could not wish anything better than to be associated with my friend in one of those singular adventures which were the normal condition of his existence. In a few minutes I had written my note, paid Whitney's bill, led him out to the cab, and seen him driven through the darkness. In a very short time a decrepit figure had emerged from the opium den, and I was walking down the street with Sherlock Holmes. For two streets he shuffled along with a bent back and an uncertain foot. Then, glancing quickly round, he straightened himself out and burst into a hearty fit of laughter.

'I suppose, Watson,' said he, 'that you imagine that I have added opium-smoking to cocaine injections and all the other little weaknesses on which you have favoured me with your medical views.'

'I was certainly surprised to find you there.'

'But not more so than I to find you.'

'I came to find a friend.'

'And I to find an enemy!'

'An enemy?'

'Yes, one of my natural enemies, or, shall I say, my natural prey. Briefly, Watson, I am in the midst of a very remarkable inquiry, and I have hoped to fine a clue in the incoherent ramblings of these sots, as I have done before now. Had I been recognized in that den my life would not have been worth an hour's purchase, for I have used it before now for my own purposes, and the rascally

une fois pour toutes enfermé dans le fiacre, ma mission serait pour ainsi dire accomplie ; et du reste, je ne pouvais rien souhaiter de mieux que d'être associé à mon ami dans une de ces aventures singulières qui étaient la norme de son existence. En quelques minutes, j'avais écrit le mot, payé la note de Whitney, je l'avais mis dans le fiacre et vu partir à travers l'obscurité. En un laps de temps très court une silhouette décrépite était sortie de la fumerie d'opium, et je descendai la rue avec Sherlock Holmes. Pendant deux rues il se traîna avec le dos courbé et un pas incertain. Puis, regardant rapidement autour de lui, il se redressa et éclata d'un rire vigoureux.

« Je suppose, Watson, dit-il, que vous imaginez que j'ai ajouté la fumée d'opium aux injections de cocaïne et autres petites faiblesses sur lesquelles vous m'avez gratifié de vos avis médicaux.

– J'étais certainement surpris de vous trouver là.

– Mais pas autant que moi de vous trouver.

– Je suis venu retrouver un ami.

– Et moi retrouver un ennemi !

– Un ennemi ?

– Oui, un de mes ennemis naturels ou, devrais-je dire, ma proie naturelle. En résumé, Watson, je suis au milieu d'une très remarquable enquête et j'avais espéré trouver un indice dans les incohérentes errances de ces drogués, comme je l'ai fait avant aujourd'hui. Si j'avais été reconnu dans cette fumerie, ma vie n'aurait pas valu cher, car j'y suis déjà venu pour mes propres desseins et le coquin

Lascar who runs it has sworn vengeance upon me. There is a trap-door at the back of that building, near the corner of Paul's Wharf, which could tell some strange tales of what has passed through it upon the moonless nights.'

'What! You do not mean bodies?'

'Aye, bodies, Watson. We should be rich men if we had a thousand pounds for every poor devil who has been done to death in that den. It is the vilest murder-trap on the whole riverside, and I fear Neville St Clair has entered it never to leave it more. But our trap should be here!' He put his two forefingers between his teeth and whistled shrilly, a signal which was answered by a similar whistle from the distance, followed shortly by the rattle of wheels and the clink of horse's hoofs. 'Now, Watson,' said Holmes, as a tall dog-cart dashed up through the gloom, throwing out two golden tunnels of yellow light from its side-lanterns, 'you'll come with me, won't you?'

'If I can be of use.'

'Oh, a trusty comrade is always of use. And a chronicler still more so. My room at the Cedars is a double-bedded one.'

'The Cedars?'

'Yes; that is Mr St Clair's house. I am staying there while I conduct the inquiry.'

de Lascar[1] qui la dirige a juré de se venger de moi. Il y a une porte dérobée à l'arrière de cet immeuble, près du coin du Quai Paul, qui pourrait raconter les étranges histoires de ce qui est passé par-là les nuits sans lune.

– Quoi ! Vous ne voulez pas dire des corps ?

– Mais oui, des corps, Watson. Nous serions des hommes riches si nous avions mille livres pour chaque pauvre diable qui a été conduit à la mort dans cette fumerie. C'est le piège meurtrier le plus affreux de toute la rive, et je crains que Neville St Clair y soit entré pour ne plus jamais en sortir. Mais notre carriole devrait être ici ! » Il mit ses deux index entre ses dents et siffla d'un son aigu ; à distance, on répondit au signal par un sifflement similaire, rapidement suivi du fracas de roues et du claquement de sabots. « Alors, Watson », dit Holmes, tandis qu'une haute carriole[2] s'élançait à travers l'obscurité, projetant deux tunnels dorés de lumière jaune par ses lanternes, vous allez venir avec moi, n'est-ce pas ?

– Si je puis être utile.

– Oh, un camarade de confiance est toujours utile. Et un chroniqueur encore plus. Ma chambre aux Cèdres a deux lits.

– Aux Cèdres ?

– Oui ; c'est la maison de Mr. St Clair. J'habite là pendant que je mène l'enquête.

1. *Lascar* : matelot qui navigue dans l'océan Indien. Ce sens est rare en français, mais Cendrars ou Morand l'emploient.

2. *Dog-cart* : littéralement, charrette à chiens. Voiture à deux roues élevées, dont la caisse est aménagée pour loger des chiens de chasse sous le siège.

'Where is it, then?'

'Near Lee, in Kent. We have a seven-mile drive before us.'

'But I am all in the dark.'

'Of course you are. You'll know all about it presently. Jump up here! All right, John, we shall not need you. Here's half-a-crown. Look out for me tomorrow about eleven. Give her her head! So long, then!'

He flicked the horse with his whip, and we dashed away through the endless succession of sombre and deserted streets, which widened gradually, until we were flying across a broad balustraded bridge, with the murky river flowing sluggishly beneath us. Beyond lay another broad wilderness of bricks and mortar, its silence broken only by the heavy, regular footfall of the policeman, or the songs and shouts of some belated party of revellers. A dull wrack was drifting slowly across the sky, and a star or two twinkled dimly here and there through the rifts of the clouds. Holmes drove in silence, with his head sunk upon his breast, and the air of a man who is lost in thought, whilst I sat beside him curious to learn what this new quest might be which seemed to tax his powers so sorely, and yet afraid to break in upon the current of his thoughts. We had driven several miles, and were beginning to get to the

– Où est-ce alors ?
– Près de Lee, dans le Kent. Nous avons sept miles [1] à parcourir.
– Mais je suis complètement dans le noir.
– Bien sûr que vous l'êtes. Vous saurez bientôt tout. Sautez là-dedans ! C'est bon, John, nous ne devrions plus avoir besoin de vous. Voici une demi-couronne. Attendez-moi demain vers onze heures. Lâchez-lui la bride ! À bientôt, donc ! »

Il effleura le cheval de sa cravache et nous filâmes à travers une succession interminable de rues sombres et désertes qui s'élargissaient progressivement, jusqu'à ce que nous traversions un grand pont avec une balustrade, sous lequel la rivière sombre coulait lentement. Au-delà s'étendait un large désert de briques et de mortier ; le silence était seulement brisé par le pas lourd et régulier d'un policier, ou par les chansons et les cris d'une soirée attardée de fêtards. D'épais nuages[2] dérivaient doucement dans le ciel, et une ou deux étoiles scintillaient faiblement ici et là au milieu des trouées des nuages. Holmes conduisait en silence, la tête inclinée sur la poitrine, et l'air d'un homme perdu dans ses pensées, tandis que j'étais assis près de lui, curieux d'apprendre ce que pouvait être cette nouvelle enquête qui semblait accaparer ses pouvoirs si douloureusement, et cependant inquiet à l'idée d'interrompre le cours de ses réflexions. Nous avions parcouru plusieurs miles et commencions à atteindre la lisière de la

1. *Seven miles* : presque 13 km.
2. *Wrack = rack* : petits nuages dissociés par le vent.

fringe of the belt of suburban villas, when he shook himself, shrugged his shoulders, and lit up his pipe with the air of a man who has satisfied himself that he is acting for the best.

'You have a grand gift of silence, Watson,' said he. 'It makes you quite invaluable as a companion.'Pon my word, it is a great thing for me to have someone to talk to, for my own thoughts are not over-pleasant. I was wondering what I should say to this dear little woman tonight when she meets me at the door.'

'You forget that I know nothing about it.'

'I shall just have time to tell you the facts of the case before we get to Lee. It seems absurdly simple, and yet, somehow, I can get nothing to go upon. There's plenty of thread, no doubt, but I can't get the end of it in my hand. Now, I'll state the case clearly and concisely to you, Watson, and maybe you may see a spark where all is dark to me.'

'Proceed, then.'

'Some years ago – to be definite, in May, 1884 – there came to Lee a gentleman, Neville St Clair by name, who appeared to have plenty of money. He took a large villa, laid out the grounds very nicely, and lived generally in good style. By degrees he made friends in the neighbourhood, and in 1887 he married the daughter of a local brewer, by whom he has now had two children. He had no occupation, but was interested in several companies, and went into town as a rule in the morning, returning by the 5.14 from Cannon Street every night.

ceinture des villas de banlieue, quand il se secoua, haussa les épaules et alluma sa pipe avec l'air d'un homme qui a dissipé ses doutes en agissant de son mieux.

« Vous avez un grand don de silence, Watson, dit-il. Cela fait de vous un compagnon tout à fait inestimable. Ma parole, c'est une grande chose pour moi que d'avoir quelqu'un à qui parler, car mes pensées ne sont pas très plaisantes. Je me demandais ce que je devrais dire à cette chère petite femme ce soir, quand elle viendra à ma rencontre à la porte.

– Vous oubliez que je ne sais rien de l'affaire.

– Je devrais avoir le temps de vous exposer les faits avant que nous arrivions à Lee. Ça semble absurdement simple et pourtant je ne peux rien en tirer. Il y a plusieurs fils, sans doute, mais je ne peux pas en attraper le bout dans ma main. Maintenant, je vais vous exposer le cas clairement et de manière concise, Watson, et peut-être verrez-vous une lueur là où tout est noir pour moi.

– Allez-y alors.

– Il y a quelques années – pour être précis, en mai 1884 – arriva à Lee un monsieur, du nom de Neville St Clair, qui semblait avoir beaucoup d'argent. Il acheta une grande villa, arrangea très bien les terres et vécut agréablement. Par étapes, il se fit des amis dans le voisinage et, en 1887, il épousa la fille d'un brasseur local dont il a maintenant deux enfants. Il n'avait pas de travail mais il avait des intérêts dans plusieurs sociétés et allait en ville régulièrement le matin pour en revenir chaque soir par le train de 5 h 14 à Cannon Street.

Mr St Clair is now 37 years of age, is a man of temperate habits, a good husband, a very affectionate father, and a man who is popular with all who know him. I may add that his whole debts at the present moment, as far as we have been able to ascertain, amount to £88 10s., while he has £220 standing to his credit in the Capital and Counties Bank. There is no reason, therefore, to think that money troubles have been weighing upon his mind.

'Last Monday Mr Neville St Clair went into town rather earlier than usual, remarking before he started that he had two important commissions to perform, and that he would bring his little boy home a box of bricks. Now, by the merest chance his wife received a telegram upon this same Monday, very shortly after his departure, to the effect that a small parcel of considerable value which she had been expecting was waiting for her at the offices of the Aberdeen Shipping Company. Now, if you are well up in your London, you will know that the office of the company is in Fresno Street, which branches out of Upper Swandam Lane, where you found me tonight. Mrs St Clair had her lunch, started for the City, did some shopping, proceeded to the Company's office, got her packet, and found herself exactly at 4.35 walking through Swandam Lane on her way back to the station. Have you followed me so far?'

'It is very clear.'

'If you remember, Monday was an exceedingly hot day, and Mrs St Clair walked slowly, glancing about in the hope of seeing a cab, as she did not like

Mr St Clair a maintenant trente-sept ans, c'est un homme d'habitudes sobres, un bon mari, un père très affectueux et il est apprécié par tous ceux qui le connaissent. Je peux ajouter que le montant total de ses dettes en ce moment, pour autant que nous ayons pu le déterminer, s'élève à quatre-vingt-huit livres et dix cents, alors qu'il a deux cent vingt livres déposées à son crédit à la Capital and Counties Bank. Il n'y a aucune raison, d'ailleurs, de penser que des problèmes d'argent le préoccupaient.

« Lundi dernier, Mr Neville St Clair partit en ville un peu plus tôt que d'habitude et fit la remarque, avant de s'en aller, qu'il avait deux importantes instructions à donner et qu'il rapporterait à la maison un jeu de cubes à son petit garçon. Or, par un pur hasard, juste après son départ, sa femme reçut ce même lundi un télégramme lui annonçant que le petit colis d'une grande valeur qu'elle espérait l'attendait aux bureaux de la Compagnie Navale d'Aberdeen. Maintenant, si vous connaissez bien votre Londres, vous savez que le bureau de cette compagnie est dans Fresno Street qui bifurque dans Upper Swandam Lane où vous m'avez trouvé ce soir. Mrs St Clair déjeuna, partit pour la City, fit quelques courses, alla au bureau de la Compagnie, prit son paquet et se retrouva à 4 h 35 exactement en train de marcher dans Swandam Lane pour revenir à la gare. M'avez-vous suivi jusqu'ici ?

– C'est très clair.

– Si vous vous souvenez, lundi était une journée excessivement chaude, et Mrs St Clair marchait lentement en regardant autour d'elle dans l'espoir de voir un fiacre car elle n'aimait pas

the neighbourhood in which she found herself. While she walked in this way down Swandam Lane she suddenly heard an ejaculation or cry, and was struck cold to see her husband looking down at her, and, as it seemed to her, beckoning to her from a second-floor window. The window was open, and she distinctly saw his face, which she describes as being terribly agitated. He waved his hands frantically to her, and then vanished from the window so suddenly that it seemed to her that he had been plucked back by some irresistible force from behind. One singular point which struck her quick feminine eye was that, although he wore some dark coat, such as he had started to town in, he had on neither collar nor necktie.

'Convinced that something was amiss with him, she rushed down the steps – for the house was none other than the opium den in which you found me tonight – and, running through the front room, she attempted to ascend the stairs which led to the first floor. At the foot of the stairs, however, she met this Lascar scoundrel, of whom I have spoken, who thrust her back, and, aided by a Dane, who acts as assistant there, pushed her out into the street. Filled with the most maddening doubts and fears, she rushed down the lane, and, by rare good fortune, met, in Fresno Street, a number of constables with an inspector, all on their way to their beat. The inspector and two men accompanied her back, and, in spite of the continued resistance of the proprietor, they made their way to the room in which Mr St Clair had last been seen. There was no sign of him there.

le voisinage dans lequel elle se trouvait. Tandis qu'elle suivait son chemin dans Swandam Lane, elle entendit soudain une exclamation ou un cri et fut pétrifiée de voir son mari la regarder, à ce qu'il lui sembla, et lui faire signe d'une fenêtre d'un second étage. La fenêtre était ouverte et elle vit distinctement son visage qu'elle décrit comme étant complètement bouleversé. Il agita frénétiquement les mains vers elle et puis disparut de la fenêtre si soudainement qu'il lui sembla qu'il avait été tiré en arrière par une force irrésistible. Un détail singulier choqua son œil vif de femme : bien qu'il soit vêtu d'un manteau sombre comme celui qu'il avait en partant en ville, il ne portait ni col, ni cravate.

« Convaincue que quelque chose allait de travers, elle dévala les marches – car la maison n'était autre que la fumerie d'opium dans laquelle vous m'avez trouvé ce soir – et courant dans la pièce de devant, elle tenta de monter l'escalier qui menait au premier étage. Au pied des marches cependant, elle rencontra ce coquin de Lascar, dont je vous ai parlé, qui la repoussa et, aidé d'un Danois qui travaille là comme assistant, la jeta dans la rue. Emplie des craintes et des doutes les plus fous, elle descendit rapidement la rue et, par une chance rare, rencontra, dans Fresno Street, un groupe d'agents de police avec un inspecteur, en route pour leur ronde. L'inspecteur et deux hommes l'accompagnèrent et, malgré la résistance persistante du propriétaire, parvinrent jusqu'à la pièce où Mr St Clair avait été vu pour la dernière fois. Il n'y avait aucun signe de lui.

In fact, in the whole of that floor there was no one to be found, save a crippled wretch of hideous aspect, who, it seems, made his home there. Both he and the Lascar stoutly swore that no one else had been in the front room during that afternoon. So determined was their denial that the inspector was staggered, and had almost come to believe that Mrs St Clair had been deluded when, with a cry, she sprang at a small deal box which lay upon the table, and tore the lid from it. Out there fell a cascade of children's bricks. It was the toy which he had promised to bring home.

'This discovery, and the evident confusion which the cripple showed, made the inspector realize that the matter was serious. The rooms were carefully examined, and results all pointed to an abominable crime. The front room was plainly furnished as a sitting-room, and led into a small bedroom, which looked out upon the back of one of the wharves. Between the wharf and the bedroom window is a narrow strip, which is dry at low tide, but is covered at high tide with at least four and a half feet of water. The bedroom window was a broad one, and opened from below. On examination traces of blood were to be seen upon the window-sill, and several scattered drops were visible upon the wooden floor of the bedroom. Thrust away behind a curtain in the front room were all the clothes of Mr Neville St Clair, with the exception of his coat.

En fait, il n'y avait personne à tout l'étage, sauf un affreux infirme qui, semblait-il, vivait là. Ensemble, le Lascar et lui jurèrent avec véhémence qu'il n'y avait eu personne dans la pièce de devant cet après-midi-là. Leurs dénégations étaient si déterminées que l'inspecteur fut ébranlé et il commençait à croire que Mrs. St Clair s'était trompée quand, avec un cri, elle se rua sur une petite boîte en sapin qui était posée sur la table et en arracha le couvercle. Une cascade de cubes d'enfant en tomba. C'était le jouet qu'il avait promis de rapporter à la maison.

« Cette découverte et la confusion évidente que montra l'infirme firent réaliser à l'inspecteur que l'affaire était sérieuse. La pièce fut soigneusement examinée et tous les résultats indiquaient un crime abominable. La pièce de devant était manifestement meublée comme un salon et donnait dans une petite chambre qui s'ouvrait derrière, sur un des appontements. Entre l'appontement et la fenêtre de la chambre, il y a une étroite bande de terre qui est sèche à marée basse, mais recouverte à marée haute d'au moins quatre pieds et demi[1] d'eau. La fenêtre de la chambre était large et s'ouvrait par-dessous. En l'examinant on trouva des traces de sang sur l'appui de la fenêtre, et plusieurs gouttes disséminées étaient visibles sur le plancher de la chambre. Jetés derrière un rideau de la pièce de devant, il y avait tous les vêtements de Mr. Neville St Clair, à l'exception de son manteau.

1. *Four and a half feet* : presque 1,40 m.

His boots, his socks, his hat, and his watch – all were there. There were no signs of violence upon any of these garments, and there were no other traces of Mr Neville St Clair. Out of the window he must apparently have gone, for no other exit could be discovered, and the ominous bloodstains upon the sill gave little promise that he could save himself by swimming, for the tide was at its very highest at the moment of the tragedy.

'And now as to the villains who seemed to be immediately implicated in the matter. The Lascar was known to be a man of the vilest antecedents, but as by Mrs St Clair's story he was known to have been at the foot of the stair within a few seconds of her husband's appearance at the window, he could hardly have been more than an accessory to the crime. His defence was one of absolute ignorance, and he protested that he had no knowledge as to the doings of Hugh Boone, his lodger, and that he could not account in any way for the presence of the missing gentleman's clothes.

'So much for the Lascar manager. Now for the sinister cripple who lives upon the second floor of the opium den, and who was certainly the last human being whose eyes rested upon Neville St Clair. His name is Hugh Boone, and his hideous face is one which is familiar to every man who goes much to the City. He is a professional beggar, though in order to avoid the police regulations he pretends to a small trade in wax vestas. Some little distance down Threadneedle Street

Ses bottes, ses chaussettes, son chapeau, et sa montre – tout était là. Il n'y avait aucun signe de violence sur ces vêtements et il n'y avait aucune autre trace de Mr Neville St Clair. Il doit être apparemment sorti par la fenêtre, car aucune autre issue ne put être découverte, et les inquiétantes traces de sang sur l'appui laissaient le petit espoir qu'il avait pu se sauver à la nage puisque la marée était à son plus haut au moment de la tragédie.

«Et maintenant, en ce qui concerne les scélérats qui semblaient être directement impliqués dans l'affaire : le Lascar était connu pour être un homme aux ignobles antécédents, mais comme d'après le récit de Mrs St Clair on savait qu'il était au pied de l'escalier à peine quelques secondes après l'apparition de son mari à la fenêtre, il pouvait difficilement avoir été plus qu'un complice du crime. Sa défense était celle de l'ignorance absolue et il protestait qu'il n'avait aucune connaissance des agissements de Hugh Boone, son locataire, et qu'il ne pouvait rendre de comptes en aucun cas sur la présence des vêtements du monsieur disparu.

«Et voilà pour le propriétaire indien. Maintenant pour ce qui est du sinistre infirme qui vit au second étage de la fumerie d'opium et qui est certainement le dernier être humain dont les yeux se sont posés sur Neville St Clair : son nom est Hugh Boone et son visage hideux est familier à qui va souvent dans la City. C'est un mendiant professionnel, bien que pour éviter les réglementations de la police, il feigne de tenir un commerce d'allumettes. Un petit peu en bas de Threadneedle Street

upon the lefthand side there is, as you may have remarked, a small angle in the wall. Here it is that the creature takes his daily seat, cross-legged, with his tiny stock of matches on his lap, and as he is a piteous spectacle a small rain of charity descends into the greasy leather cap which lies upon the pavement before him. I have watched this fellow more than once, before ever I thought of making his professional acquaintance, and I have been surprised at the harvest which he has reaped in so short a time. His appearance, you see, is so remarkable that no one can pass him without observing him. A shock of orange hair, a pale face disfigured by a horrible scar, which, by its contraction, has turned up the outer edge of his upper lip, a bull-dog chin, and a pair of very penetrating dark eyes, which present a singular contrast to the colour of his hair, all mark him out from amid the common crowd of mendicants, and so, too, does his wit, for he is ever ready with a reply to any piece of chaff which may be thrown at him by the passers-by. This is the man whom we now learn to have been the lodger at the opium den, and to have been the last man to see the gentleman of whom we are in quest.'

'But a cripple!' said I. 'What could he have done single handed against a man in the prime of life?'

'He is a cripple in the sense that he walks with a limp; but, in other respects, he appears to be a powerful and well-nurtured man. Surely your medical experience would tell you, Watson,

sur le côté gauche, il y a, comme vous l'avez peut-être remarqué, un petit renfoncement dans le mur. C'est là que s'installe quotidiennement cette créature, les jambes croisées, avec une toute petite réserve d'allumettes sur les genoux, et, comme il est un pitoyable spectacle, une petite pluie de charité tombe dans son béret de cuir graisseux qui est étalé sur le trottoir devant lui. J'ai regardé cet individu plus d'une fois, avant même de penser le rencontrer professionnellement, et j'ai été surpris de la moisson qu'il récolte en si peu de temps. Son apparence, voyez-vous, est si remarquable que personne ne peut passer devant lui sans l'observer. Une tignasse de cheveux orange, un pâle visage, défiguré par une atroce cicatrice qui, par ses contractions, est devenue l'arête externe de sa lèvre supérieure, un menton de bouledogue, et une paire d'yeux sombres et très pénétrants qui forment un contraste saisissant avec la couleur de ses cheveux – tout le distingue de la foule ordinaire des mendiants –, de même que son intelligence, car il est toujours prêt à répliquer à n'importe quelle moquerie qui peut lui être lancée par un passant. C'est l'homme dont nous avons appris qu'il est le locataire de la fumerie d'opium, et qui est le dernier à avoir vu le monsieur dont nous sommes en quête.

– Mais un infirme ! dis-je. Que pourrait-il faire sans aide contre un homme dans la force de l'âge ?

– Il est infirme dans le sens qu'il marche avec une claudication, mais sous d'autres aspects, il semble être un homme fort et bien nourri. Votre expérience médicale vous dira sûrement, Watson,

that weakness in one limb is often compensated for by exceptional strength in the others.'

'Pray continue your narrative.'

'Mrs St Clair had fainted at the sight of the blood upon the window, and she was escorted home in a cab by the police, as her presence could be of no help to them in their investigations. Inspector Barton, who had charge of the case, made a very careful examination of the premises, but without finding anything which threw any light upon the matter. One mistake had been made in not arresting Boone instantly, as he was allowed some few minutes during which he might have communicated with his friend the Lascar, but this fault was soon remedied, and he was seized and searched, without anything being found which could incriminate him. There were, it is true, some bloodstains upon his right shirt-sleeve, but he pointed to his ring finger, which had been cut near the nail, and explained that the bleeding came from there, adding that he had been to the window not long before, and that the stains which had been observed there came doubtless from the same source. He denied strenuously having ever seen Mr Neville St Clair, and swore that the presence of the clothes in his room was as much a mystery to him as to the police. As to Mrs St Clair's assertion, that she had actually seen her husband at the window, he declared that she must have been either mad or dreaming. He was removed, loudly protesting, to the police station, while the inspector remained upon the premises in the hope that the ebbing tide might afford some fresh clue.

que la faiblesse d'un membre est souvent compensée par une force exceptionnelle dans les autres.

– Je vous en prie, continuez votre récit.

– Mrs. St Clair s'était évanouie à la vue du sang sur la fenêtre et elle fut raccompagnée chez elle en fiacre par la police puisque sa présence ne pouvait plus être d'aucune aide dans leurs investigations. L'inspecteur Barton, qui était chargé de l'affaire, fit un examen très soigneux de l'immeuble, mais sans rien trouver qui jette la lumière sur l'affaire. Cela avait été une erreur de ne pas faire arrêter Boone aussitôt, car il lui fut accordé quelques minutes durant lesquelles il a pu communiquer avec son ami le Lascar, mais cette faute fut bientôt réparée et il fut arrêté et fouillé sans qu'on trouve rien qui puisse l'incriminer. Il y avait, il est vrai, des traces de sang sur la manche droite de sa chemise, mais il montra son annulaire qui était entaillé près de l'ongle et expliqua que le sang venait de là, ajoutant qu'il avait été à la fenêtre peu auparavant et que les traces qu'on avait observées venaient sans aucun doute de la même source. Il nia vigoureusement avoir jamais vu Mr Neville St Clair, et jura que la présence des vêtements dans sa chambre était autant un mystère pour lui que pour la police. Quant aux affirmations de Mrs. St Clair selon lesquelles elle avait vraiment vu son mari, il déclara qu'elle devait être folle ou avoir rêvé. Il fut emmené, en protestant bruyamment, au poste de police, pendant que l'inspecteur restait sur les lieux dans l'espoir que la marée descendante apporterait un nouvel indice.

'And it did, though they hardly found upon the mudbank what they had feared to find. It was Neville St Clair's coat, and not Neville St Clair, which lay uncovered as the tide receded. And what do you think they found in the pockets?'

'I cannot imagine.'

'No, I don't think you will guess. Every pocket stuffed with pennies and halfpennies – four hundred and twenty-one pennies, and two hundred and seventy halfpennies. It was no wonder that it had not been swept away by the tide. But a human body is a different matter. There is a fierce eddy between the wharf and the house. It seemed likely enough that the weighted coat had remained when the stripped body had been sucked away into the river.'

'But I understand that all the other clothes were found in the room. Would the body be dressed in a coat alone?'

'No, sir, but the facts might be met speciously enough. Suppose that this man Boone had thrust Neville St Clair through the window, there is no human eye which could have seen the deed. What would he do then? It would of course instantly strike him that he must get rid of the tell-tale garments. He would seize the coat then, and be in the act of throwing it out when it would occur to him that it would swim and not sink. He has little time, for he had heard the scuffle downstairs when the wife tried to force her way up, and perhaps he has already heard from his Lascar confederate that the police are hurrying up the street.

« Et ce fut le cas, bien qu'on ne trouvât guère dans la boue de la rive ce qu'on avait craint de trouver. C'était le manteau de Neville St Clair, et non Neville St Clair, qui gisait découvert par la marée descendante. Et que pensez-vous qu'ils ont trouvé dans ses poches ?

– Je ne peux l'imaginer.

– Non, je ne crois pas que vous devinerez. Chaque poche était bourrée de pennies et de demi-pennies – quatre cent vingt et un pennies et deux cent dix-sept demi-pennies. Ce n'est pas étonnant qu'il n'ait pas été emporté par la marée. Mais un corps humain, c'est une autre affaire. Il y a un violent tourbillon entre l'appontement et la maison. Il semble assez évident que le manteau lesté est resté quand le corps déshabillé a été aspiré dans la rivière.

– Mais j'ai cru comprendre que tous les autres vêtements avaient été trouvés dans la pièce. Le corps aurait-il était habillé seulement d'un manteau ?

– Non monsieur, mais les faits peuvent être assemblés de façon assez spécieuse. Supposez que l'homme Boone ait jeté Neville St Clair par la fenêtre, aucun œil humain n'aurait pu voir son geste. Que fait-il alors ? Cela le frappera aussitôt qu'il doit se débarrasser des vêtements révélateurs. Il saisit alors le manteau et est sur le point de le jeter par la fenêtre quand il réalise qu'il flottera et ne coulera pas. Il a peu de temps, car il a entendu la bagarre en bas des escaliers quand la femme a essayé de se forcer un chemin, et peut-être sait-il déjà par son complice le Lascar que les policiers se hâtent dans la rue.

There is not an instant to be lost. He rushes to some secret hoard, where he has accumulated the fruits of his beggary, and he stuffs all the coins upon which he can lay his hands into the pockets to make sure of the coat's sinking. He throws it out, and would have done the same with the other garments had not he heard the rush of steps below, and only just had time to close the window when the police appeared.'

'It certainly sounds feasible.'

'Well, we will take it as a working hypothesis for want of a better. Boone, as I have told you, was arrested and taken to the station, but it could not be shown that there had ever before been anything against him. He had for years been known as a professional beggar, but his life appeared to have been a very quiet and innocent one. There the matter stands at present, and the questions which have to be solved, what Neville St Clair was doing in the opium den, what happened to him when there, where he is now, and what Hugh Boone had to do with his disappearance, are all as far from solution as ever. I confess that I cannot recall any case within my experience which looked at the first glance so simple, and yet which presented such difficulties.'

Whilst Sherlock Holmes had been detailing this singular series of events we had been whirling through the outskirts of the great town until the last straggling houses had been left behind, and we rattled along with a country hedge upon either side of us. Just as he finished, however, we drove through two scattered villages, where a few lights still glimmered in the windows.

Il n'y a pas un instant à perdre. Il se précipite vers un magot secret où il accumule les fruits de sa mendicité et bourre les poches pour être sûr que le manteau coule. Il le jette dehors et aurait fait la même chose avec les autres vêtements s'il n'avait pas entendu le bruit des pas en dessous et avait eu seulement le temps de fermer la fenêtre quand la police est apparue.

– C'est certainement plausible.

– Bien, nous prendrons cela comme hypothèse de travail en attendant d'en avoir une meilleure. Boone, comme je vous l'ai dit, a été arrêté et emmené au poste, mais il n'a pu être prouvé qu'on avait quelque chose contre lui. Depuis des années, il est connu comme mendiant professionnel, mais sa vie semble avoir été très calme et innocente. Voici l'état de l'affaire et les questions qu'il faut résoudre – que faisait Neville St Clair dans une fumerie d'opium, que lui est-il arrivé là, où est-il maintenant, et qu'a à voir Hugh Boone avec sa disparition – sont toutes plus loin de la solution que jamais. J'avoue que je ne peux me rappeler aucun problème, dans mon expérience, qui semblait si simple au premier coup d'œil et qui pourtant présentait de telles difficultés. »

Pendant que Sherlock Holmes détaillait cette singulière série d'événements, nous avions filé rapidement au milieu des faubourgs de la grande ville jusqu'à ce que les dernières maisons isolées soient laissées derrière et nous roulions avec une haie campagnarde de chaque côté de nous. Juste comme il achevait, nous traversâmes deux villages clairsemés où quelques lumières brillaient encore aux fenêtres.

'We are on the outskirts of Lee,' said my companion. 'We have touched on three English counties in our short drive, starting in Middlesex, passing over an angle of Surrey, and ending in Kent. See that light among the trees? That is the Cedars, and beside that lamp sits a woman whose anxious ears have already, I have little doubt, caught the clink of our horse's feet.'

'But why are you not conducting the case from Baker Street?' I asked.

'Because there are many inquiries which must be made out here. Mrs St Clair has mostly kindly put two rooms at my disposal, and you may rest assured that she will have nothing but a welcome for my friend and colleague. I hate to meet her, Watson, when I have no news of her husband. Here we are. Whoa, there, whoa!'

We had pulled up in front of a large villa which stood within its own grounds. A stable-boy had run out to the horse's head, and, springing down, I followed Holmes up the small, winding gravel drive which led to the house. As we approached, the door flew open, and a little blonde woman stood in the opening, clad in some sort of light *mousseline-de-soie*, with a touch of fluffy pink chiffon at her neck and wrists. She stood with her figure outlined against the flood of light, one hand upon the door, one half raised in eagerness,

« Nous sommes dans les faubourgs de Lee, dit mon compagnon. Nous avons effleuré trois comtés anglais dans notre courte course, partant du Middlesex, traversant un coin du Surrey et finissant dans le Kent. Vous voyez cette lumière au milieu des arbres ? Voici les Cèdres, et à côté de la lampe est assise une femme qui, tendant une oreille anxieuse, a déjà perçu, je n'en doute pas, le claquement des sabots du cheval.

– Mais pourquoi ne menez-vous pas cette affaire depuis Baker Street ? demandai-je.

– Parce qu'il y a de nombreuses recherches qui doivent être conduites ici. Mrs St Clair a très gentiment mis deux pièces à ma disposition, et vous pouvez être certain qu'elle ne dira rien si ce n'est bienvenue à mon ami et collègue. Je déteste devoir la rencontrer, Watson, quand je n'ai aucune nouvelle de son mari. Nous y voilà. Ho, là, ho ! »

Nous nous étions arrêtés devant une grande villa dressée au milieu de ses terres. Un garçon d'écurie courut à la tête du cheval, et, descendant, je suivis Holmes le long d'un petit sentier sinueux de gravier qui menait à la maison. Tandis que nous approchions, la porte s'ouvrit brusquement et une petite femme blonde se tint dans l'ouverture, vêtue d'une espèce de mousseline de soie, avec une touche de soie[1] rose vaporeuse, au cou et aux poignets. Elle se tenait debout, la silhouette soulignée par le flot de lumière, une main sur la porte, l'autre à moitié levée dans l'impatience,

1. *Chiffon* : mousseline de soie.

her body slightly bent, her head and face protruded, with eager eyes and parted lips, a standing question.

'Well?' she cried, 'well?' And then, seeing that there were two of us, she gave a cry of hope which sank into a groan as she saw that my companion shook his head and shrugged his shoulders.

'No good news?'

'None.'

'No bad?'

'No.'

'Thank God for that. But come in. You must be weary, for you have had a long day.'

'This is my friend, Dr Watson. He has been of most vital use to me in several of my cases, and a lucky chance has made it possible for me to bring him out and associate him with this investigation.'

'I am delighted to see you,' said she, pressing my hand warmly. 'You will, I am sure, forgive anything which may be wanting in our arrangements, when you consider the blow which has come so suddenly upon us.'

'My dear madam,' said I, 'I am an old campaigner, and if I were not, I can very well see that no apology is needed. If I can be of any assistance, either to you or to my friend here, I shall be indeed happy.'

le corps légèrement incliné, la tête et le visage en avant, avec des yeux avides et les lèvres entrouvertes : une position d'interrogation.

« Alors ? cria-t-elle, alors ? » Puis, voyant que nous étions deux, elle eut un cri d'espoir qui retomba en un gémissement quand elle vit que mon compagnon agitait la tête et haussait les épaules.

« Pas de bonne nouvelle ?

– Aucune.

– Pas de mauvaise ?

– Non.

– Merci mon Dieu pour ça. Mais entrez. Vous devez être épuisés car vous avez eu une longue journée.

– Voici mon ami, le docteur Watson. Il m'a été d'une utilité vitale dans plusieurs de mes affaires, et un coup de chance a fait qu'il a été possible de l'amener avec moi et de l'associer à cette investigation.

– Je suis ravie de vous voir, dit-elle en me serrant chaleureusement la main. Vous excuserez, j'en suis sûre, tout ce qui peut laisser à désirer dans nos arrangements, quand vous considérerez le coup qui est tombé si brutalement sur nous.

– Ma chère madame, dis-je, je suis un vieux soldat[1], et même si je ne l'étais pas, je vois très bien qu'il n'est besoin d'aucune excuse. Si je puis être d'une aide quelconque, à vous ou à mon ami, je serais vraiment ravi.

1. Watson revient d'Afghanistan lorsqu'il rencontre Holmes dans *A Study in Scarlet.*

'Now, Mr Sherlock Holmes,' said the lady as we entered a well-lit dining-room, upon the table of which a cold supper had been laid out. 'I should very much like to ask you one or two plain questions, to which I beg that you will give a plain answer.'

'Certainly, madam.'

'Do not trouble about my feelings. I am not hysterical, nor given to fainting. I simply wish to hear your real, real opinion.'

'Upon what point?'

'In your heart of hearts, do you think that Neville is alive?'

Sherlock Holmes seemed to be embarrassed by the question.

'Frankly now!' she repeated, standing upon the rug, and looking keenly down at him, as he leaned back in a basket chair.

'Frankly, then, madam, I do not.'

'You think that he is dead?'

'I do.'

'Murdered?'

'I don't say that. Perhaps.'

'And on what day did he meet his death?'

'On Monday.'

'Then perhaps, Mr Holmes, you will be good enough to explain how it is that I have received this letter from him today?'

Sherlock Holmes sprang out of his chair as if he had been galvanized.

'What!' he roared.

– Maintenant, Mr. Sherlock Holmes », dit la dame alors que nous entrions dans une salle à manger bien éclairée, sur la table de laquelle on avait disposé un souper froid. « J'aimerais beaucoup vous poser une ou deux questions sans détour auxquelles, j'espère, vous donnerez une réponse sans détour.

– Certainement, madame.

– Ne vous occupez pas de mes sentiments. Je ne suis pas hystérique, ni sujette aux évanouissements. Je souhaite simplement entendre votre véritable, véritable opinion.

– Sur quel point ?

– Dans le cœur de votre cœur, pensez-vous que Neville est en vie ? »

Sherlock Holmes parut embarrassé par la question. « Franchement maintenant ! », répéta-t-elle, debout sur le tapis, et le regardant avec insistance, tandis qu'il était renversé dans une chaise en osier.

« Franchement alors, madame, je ne le pense pas.

– Vous pensez qu'il est mort ?

– Je le pense.

– Assassiné ?

– Je ne dis pas ça. Peut-être.

– Et quel jour a-t-il trouvé la mort ?

– Lundi.

– Alors peut-être, Mr. Holmes, serez-vous assez bon pour m'expliquer comment il se fait que j'ai reçu cette lettre de lui aujourd'hui ? »

Sherlock Holmes bondit hors de sa chaise comme galvanisé.

« Quoi ! rugit-il.

'Yes, today.' She stood smiling, holding up a little slip of paper in the air.

'May I see it?'

'Certainly.'

He snatched it from her in his eagerness, and smoothing it out upon the table, he drew over the lamp, and examined it intently. I had left my chair, and was gazing at it over his shoulder. The envelope was a very coarse one, and was stamped with the Gravesend postmark, and with the date of that very day, or rather of the day before, for it was considerably after midnight.

'Coarse writing!' murmured Holmes. 'Surely this is not your husband's writing, madam.'

'No, but the enclosure is.'

'I perceive also that whoever addressed the envelope had to go and inquire as to the address.'

'How can you tell that?'

'The name, you see, is in perfectly black ink, which has dried itself. The rest is of the greyish colour which shows that blotting-paper has been used. If it had been written straight off, and then blotted, none would be of a deep black shade. This man has written the name, and there has then been a pause before he wrote the address, which can only mean that he was not familiar with it. It is, of course, a trifle, but there is nothing so important as trifles. Let us now see the letter! Ha! there has been an enclosure here!'

'Yes, there was a ring. His signet ring.'

'And you are sure that this is your husband's hand?'

'One of his hands.'

– Oui, aujourd'hui. » Elle se dressait en souriant et agitait en l'air un petit morceau de papier.

« Puis-je la voir ?

– Certainement. »

Il le lui arracha avec ardeur et, l'aplanissant sur la table, tira la lampe au-dessus et l'examina intensément. J'avais quitté ma chaise et je regardais pardessus son épaule. L'enveloppe était très ordinaire et était tamponnée du cachet de la poste de Gravensend, avec la date du jour même, ou plutôt du jour précédent car il était déjà bien après minuit.

« Écriture grossière ! murmura Holmes. Ce n'est sûrement pas l'écriture de votre mari, madame.

– Non, mais le contenu l'est.

– Je remarque aussi que celui qui a adressé l'enveloppe a dû se renseigner sur l'adresse.

– Comment pouvez-vous dire cela ?

– Le nom, voyez-vous, est d'une encre tout à fait noire, qui a séché toute seule. Le reste est de couleur plus grise ce qui montre qu'on a utilisé un papier buvard. Si cela avait été écrit d'une seule traite, puis séché, rien ne serait d'une nuance de noir profond. Cet homme a écrit le nom, et il y a eu une pause avant qu'il écrive l'adresse, ce qui peut seulement signifier qu'elle ne lui était pas familière. C'est, bien sûr, une vétille, mais il n'y a rien d'aussi important que les vétilles. Voyons maintenant la lettre ! Ha ! Il y a eu quelque chose dedans !

– Oui, c'était une bague. Sa chevalière.

– Et vous êtes sûre que c'est de la main de votre mari ?

– D'une de ses mains.

'One?'

'His hand when he wrote hurriedly. It is very unlike his usual writing, and yet I know it well.'

'"Dearest, do not be frightened. All will come well. There is a huge error which it may take some little time to rectify. Wait in patience. – Neville." Written in pencil upon a flyleaf of a book, octavo size, no watermark. Posted today in Gravesend by a man with a dirty thumb. Ha! And the flap has been gummed, if I am not very much in error, by a person who has been chewing tobacco. And you have no doubt that it is your husband's hand, madam?'

'None. Neville wrote those words.'

'And they were posted today at Gravesend. Well, Mrs St Clair, the clouds lighten, though I should not venture to say that the danger is over.'

'But he must be alive, Mr Holmes.'

'Unless this is a clever forgery to put us on the wrong scent. The ring, after all, proves nothing. It may have been taken from him.'

'No, no; it is, it is, it is his very own writing!'

'Very well. It may, however, have been written on Monday, and only posted today.'

'That is possible.'

– D'une ?

– La main de laquelle il écrit très vite. Ce n'est pas comme son écriture habituelle et pourtant je la connais bien.

– "Chérie, ne sois pas effrayée. Tout ira bien. Il y a une énorme erreur qu'il faudra un peu de temps pour rectifier. Attends patiemment. Neville." Écrit au crayon sur la page de garde d'un livre, format in-octavo [1], pas de filigrane. Postée aujourd'hui à Gravensend par un homme avec un pouce sale. Ha ! le rabat a été collé à la gomme, si je ne fais pas d'erreur, par une personne qui a chiqué du tabac. Et vous n'avez aucun doute que c'est de la main de votre mari, madame ?

– Aucun. Neville a écrit ces mots.

– Et ils furent postés aujourd'hui à Gravensend. Eh bien, Mrs. St Clair, les nuages se dissipent, même si je ne me hasarderais pas à dire que le danger est passé.

– Mais il doit être en vie, Mr. Holmes.

– À moins que ce ne soit une habile imitation pour nous mettre sur la mauvaise piste. La bague, après tout, ne prouve rien. On peut la lui avoir prise.

– Non, non ; c'est, c'est, c'est vraiment son écriture !

– Très bien. Cela peut, cependant, avoir été écrit lundi et posté seulement aujourd'hui.

– C'est possible.

1. *Octavo size* : in-octavo, feuille d'impression qui, pliée trois fois, forme huit feuillets ou seize pages ; se dit aussi du format obtenu.

'If so, much may have happened between.'

'Oh, you must not discourage me, Mr Holmes. I know that all is well with him. There is so keen a sympathy between us that I should know if evil came upon him. On the very day that I saw him last he cut himself in the bedroom, and yet I in the dining-room rushed upstairs instantly with the utmost certainty that something had happened. Do you think that I would respond to such a trifle, and yet be ignorant of his death?'

'I have seen too much not to know that the impression of a woman may be more valuable than the conclusion of an analytical reasoner. And in this letter you certainly have a very strong piece of evidence to corroborate your view. But if your husband is alive and able to write letters, why should he remain away from you?'

'I cannot imagine. It is unthinkable.'

'And on Monday he made no remarks before leaving you?'

'No.'

'And you were surprised to see him in Swandam Lane?'

'Very much so.'

'Was the window open?'

'Yes.'

'Then he might have called to you?'

'He might.'

'He only, as I understand, gave an inarticulate cry?'

'Yes.'

– Si c'est le cas, beaucoup de choses peuvent être arrivées depuis.

– Oh, vous ne devez pas me décourager, Mr. Holmes. Je sais qu'il va bien. Il y a entre nous une entente si forte que je saurais si le malheur s'était abattu sur lui. Le jour même où je l'ai vu pour la dernière fois, il s'est coupé dans la chambre, et pourtant, moi qui étais dans la salle à manger, je me suis précipitée en haut aussitôt, avec l'extrême certitude que quelque chose était arrivé. Pensez-vous que je serais sensible à une telle bêtise et pourtant ignorante de sa mort ?

– J'en ai trop vu pour ne pas savoir que l'impression d'une femme peut avoir plus de valeur que la conclusion d'un raisonneur analytique. Et dans cette lettre vous avez certainement une preuve très forte pour corroborer vos vues. Mais si votre mari est vivant et capable d'écrire des lettres, pourquoi reste-t-il loin de vous ?

– Je ne peux pas l'imaginer. C'est impensable.

– Et lundi n'a-t-il fait aucune remarque avant de vous quitter ?

– Non.

– Et vous étiez très surprise de le voir dans Swandam Lane ?

– Très.

– La fenêtre était-elle ouverte ?

– Oui.

– Alors il aurait pu vous appeler ?

– Il aurait pu.

– Il a seulement, si j'ai bien compris, poussé un cri inarticulé ?

– Oui.

'A call for help, you thought?'

'Yes. He waved his hands.'

'But it might have been a cry of surprise. Astonishment at the unexpected sight of you might cause him to throw up his hands.'

'It is possible.'

'And you thought he was pulled back?'

'He disappeared so suddenly.'

'He might have leaped back. You did not see anyone else in the room?'

'No, but this horrible man confessed to having been there, and the Lascar was at the foot of the stairs.'

'Quite so. Your husband, as far as you could see, had his ordinary clothes on?'

'But without his collar or tie. I distinctly saw his bare throat.'

'Had he ever spoken of Swandam Lane?'

'Never.'

'Had he ever shown any signs of having taken opium?'

'Never.'

'Thank you, Mrs St Clair. Those are the principal points about which I wished to be absolutely clear. We shall now have a little supper and then retire, for we may have a very busy day tomorrow.'

A large and comfortable double-bedded room had been placed at our disposal, and I was quickly between the sheets, for I was weary after my night of adventure. Sherlock Holmes was a man, however, who when he had an unsolved problem upon his mind would go for days, and even for a week, without rest,

– Un appel au secours, avez-vous pensé ?
– Oui. Il agitait les mains.
– Mais ça aurait pu être un cri de surprise. L'étonnement à votre vue inattendue pourrait lui avoir fait lever les mains.
– C'est possible.
– Et vous avez pensé qu'il était tiré en arrière ?
– Il a disparu si soudainement.
– Il pourrait avoir sauté en arrière. Vous n'avez vu personne d'autre dans la pièce ?
– Non, mais cet homme horrible a avoué avoir été là et le Lascar était au pied de l'escalier.
– Tout à fait. Votre mari, pour autant que vous pouviez le voir, portait-il ses vêtements habituels ?
– Mais sans son col, ni sa cravate. J'ai vu distinctement sa gorge découverte.
– A-t-il jamais parlé de Swandam Lane ?
– Jamais.
– A-t-il jamais montré des signes qu'il prenait de l'opium ?
– Jamais.
– Merci Mrs. St Clair. Ce sont les principaux points que je voulais absolument éclaircir. Nous devrions maintenant prendre un petit souper et ensuite nous retirer, car nous aurons peut-être une journée très active demain. »

Une grande chambre confortable avec deux lits avait été mise à notre disposition, et je fus vite entre les draps, car j'étais épuisé après ma nuit d'aventure. Toutefois, Sherlock Holmes était un homme qui, quand il avait un problème irrésolu à l'esprit, pouvait continuer durant des jours, pendant une semaine même, sans se reposer,

turning it over, rearranging his facts, looking at it from every point of view, until he had either fathomed it, or convinced himself that his data were insufficient. It was soon evident to me that he was now preparing for an all-night sitting. He took off his coat and waistcoat, put on a large blue dressing-gown, and then wandered about the room collecting pillows from his bed, and cushions from the sofa and armchairs. With these he constructed a sort of Eastern divan, upon which he perched himself cross-legged, with an ounce of shag tobacco and a box of matches laid out in front of him. In the dim light of the lamp I saw him sitting there, an old brier pipe between his lips, his eyes fixed vacantly upon the corner of the ceiling, the blue smoke curling up from him, silent, motionless, with the light shining upon his strong-set aquiline features. So he sat as I dropped off to sleep, and so he sat when a sudden ejaculation caused me to wake up, and I found the summer sun shining into the apartment. The pipe was still between his lips, the smoke still curled upwards, and the room was full of a dense tobacco haze, but nothing remained of the heap of shag which I had seen upon the previous night.

'Awake, Watson?' he asked.

'Yes.'

'Game for a morning drive?'

'Certainly.'

'Then dress. No one is stirring yet, but I know where the stable-boy sleeps, and we shall soon have the trap out.' He chuckled to himself as he spoke,

à le tourner, à réorganiser les faits, à le regarder de chaque point de vue, jusqu'à ce qu'il l'ait embrassé ou qu'il soit convaincu que ses données étaient insuffisantes. Il me fut bientôt évident qu'il se préparait à rester assis toute la nuit. Il ôta son manteau et son gilet, passa un grand peignoir bleu, puis tourna dans la pièce en ramassant les oreillers sur son lit et les coussins sur le canapé et les fauteuils. Avec cela il construisit une sorte de divan oriental en haut duquel il se percha, les jambes croisées, avec une once [1] de tabac très fort et une boîte d'allumettes posées devant lui. À la faible lueur de la lampe, je le vis assis là, une vieille pipe de bruyère entre les lèvres, les yeux fixés d'un air vague sur le coin du plafond, la fumée bleue serpentant au-dessus de lui, silencieux, immobile, avec la lumière qui éclairait ses traits aquilins et marqués. Il était assis ainsi quand je m'endormis et il était assis ainsi quand un cri soudain me fit m'éveiller; je vis le soleil d'été briller dans l'appartement. La pipe était toujours entre ses lèvres, la fumée serpentait toujours au-dessus de lui, et la chambre était pleine d'une épaisse brume de tabac, mais il ne restait rien du tas de tabac très fort de la nuit passée.

« Réveillé, Watson ? demanda-t-il.

– Oui.

– Prêt pour une promenade matinale ?

– Certainement.

– Alors habillez-vous. Personne ne bouge encore, mais je sais où dort le garçon d'écurie et nous devrions bientôt avoir notre carriole sortie. » Il riait en lui-même tout en parlant,

1. *An ounce* : 28,35 g.

his eyes twinkled, and he seemed a different man to the sombre thinker of the previous night.

As I dressed I glanced at my watch. It was no wonder that no one was stirring. It was twenty-five minutes past four. I had hardly finished when Holmes returned with the news that the boy was putting in the horse.

'I want to test a little theory of mine,' said he, pulling on his boots. 'I think, Watson, that you are now standing in the presence of one of the most absolute fools in Europe. I deserve to be kicked from here to Charing Cross. But I think I have the key of the affair now.'

'And where is it?' I asked, smiling.

'In the bathroom,' he answered. 'Oh, yes, I am not joking,' he continued, seeing my look of incredulity. 'I have just been there, and I have taken it out, and I have got it in this Gladstone bag. Come on, my boy, and we shall see whether it will not fit the lock.'

We made our way downstairs as quietly as possible; and out into the bright morning sunshine. In the road stood our horse and trap, with the half-clad stable-boy waiting at the head. We both sprang in, and away we dashed down the London road. A few country carts were stirring, bearing in vegetables to the metropolis, but the lines of villas on either side were as silent and lifeless as some city in a dream.

ses yeux étincelaient et il paraissait un homme différent du sombre penseur de la nuit précédente.

Pendant que je m'habillais, je regardai ma montre. Il n'était pas étonnant que personne ne bougeât. Il était 4 h 25. J'avais à peine fini que Holmes revint annoncer que le garçon attelait le cheval.

« Je veux vérifier une petite théorie, dit-il en enfilant ses bottes. Je crois, Watson, que vous êtes, en ce moment, en présence du plus grand imbécile en Europe. Je mérite qu'on me donne des coups de pied au derrière d'ici à Charing Cross. Mais je pense que j'ai la clef de cette affaire maintenant.

– Et où est-elle ? demandai-je en souriant.

– Dans la salle de bains, répondit-il. Oh oui, je ne plaisante pas, poursuivit-il en voyant mon regard d'incrédulité. J'y suis simplement allé, je l'ai prise et je l'ai mise dans cette valise [1]. Venez, mon garçon, et nous verrons si elle ne rentre pas dans la serrure. »

Nous descendîmes aussi doucement que possible et sortîmes dans le clair soleil matinal. Sur la route se tenaient notre cheval et notre voiture avec le garçon d'écurie à moitié vêtu, qui attendait à sa tête. Nous sautâmes tous les deux dedans et nous nous élançâmes sur la route de Londres. Quelques charrettes paysannes roulaient, transportant des légumes vers la métropole, mais les rangées de villas de chaque côté étaient silencieuses et inanimées comme une ville dans un rêve.

1. *Gladstone bag* : valise à soufflets, du nom de William E. Gladstone († 1898), homme d'État britannique.

'It has been in some points a singular case,' said Holmes, flicking the horse on into a gallop. 'I confess that I have been as blind as a mole, but it is better to learn wisdom late, than never to learn it at all.'

In town, the earliest risers were just beginning to look sleepily from their windows as we drove through the streets of the Surrey side. Passing down the Waterloo Bridge Road we crossed over the river, and dashing up Wellington Street wheeled sharply to the right, and found ourselves in Bow Street. Sherlock Holmes was well known to the force, and the two constables at the door saluted him. One of them held the horse's head while the other led us in.

'Who is on duty?' asked Holmes.

'Inspector Bradstreet, sir.'

'Ah, Bradstreet, how are you?' A tall, stout official had come down the stone-flagged passage, in a peaked cap and frogged jacket. 'I wish to have a word with you, Bradstreet.'

'Certainly, Mr Holmes. Step into my room here.'

It was a small office-like room, with a huge ledger upon the table, and a telephone projecting from the wall. The inspector sat down at his desk.

'What can I do for you, Mr Holmes?'

'I called about that beggar-man, Boone – the one who was charged with being concerned in the disappearance of Mr Neville St Clair, of Lee.'

« Ça a été en bien des points une affaire singulière, dit Holmes, en effleurant le cheval de sa cravache pour qu'il galope. J'avoue que j'ai été aussi aveugle qu'une taupe, mais il vaut mieux apprendre la sagesse tardivement que ne jamais l'apprendre. »

En ville, les plus matinaux commençaient juste à regarder par la fenêtre d'un air endormi, tandis que nous roulions à travers les rues du Surrey. Nous descendîmes Waterloo Bridge Road, traversâmes la rivière, et, nous élançant dans Wellington Street, nous tournâmes brusquement à droite et nous trouvâmes dans Bow Street. Sherlock Holmes était bien connu de la police et deux agents devant la porte le saluèrent. L'un d'eux tint la tête du cheval pendant que l'autre nous accompagnait.

« Qui est en fonction ? demanda Holmes.

– L'inspecteur Bradstreet, monsieur.

– Ah, Bradstreet, comment allez-vous ? » Un grand et vigoureux officier, avec un casque pointu et une veste croisée, était arrivé le long du couloir dallé. « J'aimerais vous dire un mot, Bradstreet.

– Certainement, Mr. Holmes. Entrez ici dans mon bureau. »

C'était une petite pièce qui faisait office de bureau, avec un énorme registre posé sur la table et un téléphone accroché au mur. L'inspecteur s'assit derrière son bureau.

« Que puis-je faire pour vous, Mr. Holmes ?

– Je suis venu pour un mendiant, Boone – celui qui est accusé de la disparition de Mr. Neville St Clair, de Lee.

'Yes. He was brought up and remanded for further inquiries.'

'So I heard. You have him here?'

'In the cells.'

'Is he quiet?'

'Oh, he gives no trouble. But he is a dirty scoundrel.'

'Dirty?'

'Yes, it is all we can do to make him wash his hands, and his face is as black as a tinker's. Well, when once his case has been settled he will have a regular prison bath; and I think, if you saw him you would agree with me that he needed it.'

'I should like to see him very much.'

'Would you? That is easily done. Come this way. You can leave your bag.'

'No, I think I'll take it.'

'Very good. Come this way, if you please.' He led us down a passage, opened a barred door, passed down a winding stair, and brought us to a whitewashed corridor with a line of doors on each side.

'The third on the right is his,' said the inspector. 'Here it is!' He quietly shot back a panel in the upper part of the door, and glanced through.

'He is asleep,' said he. 'You can see him very well.'

We both put our eyes to the grating. The prisoner lay with his face towards us, in a very deep sleep, breathing slowly and heavily. He was a middle-sized man,

– Oui. Il a été amené puis renvoyé pour complément d'enquête.

– C'est ce que j'ai entendu dire. L'avez-vous ici ?

– Dans les cellules.

– Est-il calme ?

– Oh, il ne pose pas de problème. Mais c'est un coquin sale !

– Sale ?

– Oui, tout ce que nous pouvons faire c'est l'obliger à se laver les mains, et sa figure est noire comme celle d'un étameur. Eh bien, une fois que l'affaire aura été réglée, il aura un bain réglementaire en prison ; et je pense que si vous le voyiez, vous seriez d'accord avec moi.

– J'aimerais beaucoup le voir.

– Vous voulez ? C'est facile à faire. Venez par ici. Vous pouvez laisser votre sac.

– Non, je crois que je vais le prendre.

– Très bien. Venez par ici, s'il vous plaît. » Il nous conduisit le long d'un corridor, ouvrit une porte barrée, descendit un escalier en colimaçon, et nous amena dans un couloir blanchi à la chaux avec une rangée de portes de chaque côté.

« Il est dans la troisième sur la droite, dit l'inspecteur. Le voilà ! » Il tira doucement un panneau dans la partie supérieure de la porte et regarda au travers.

« Il dort, dit-il. Vous pouvez très bien le voir. »

Nous mîmes tous les deux nos yeux sur le grillage. Le prisonnier était allongé, le visage vers nous, dans un sommeil très profond ; il respirait doucement et pesamment. C'était un homme de taille moyenne,

coarsely clad as became his calling, with a coloured shirt protruding through the rent in his tattered coat. He was, as the inspector had said, extremely dirty, but the grime which covered his face could not conceal its repulsive ugliness. A broad weal from an old scar ran across it from eye to chin, and by its contraction had turned up one side of the upper lip, so that three teeth were exposed in a perpetual snarl. A shock of very bright red hair grew low over his eyes and forehead.

'He's a beauty, isn't he?' said the inspector.

'He certainly needs a wash,' remarked Holmes. 'I had an idea that he might, and I took the liberty of bringing the tools with me.' He opened his Gladstone bag as he spoke, and took out, to my astonishment, a very large bath sponge.

'He! he! You are a funny one,' chuckled the inspector.

'Now, if you will have the great goodness to open that door very quietly, we will soon make him cut a much more respectable figure.'

'Well, I don't know why not,' said the inspector. 'He doesn't look a credit to the Bow Street cells, does he?' He slipped his key into the lock, and we all very quietly entered the cell. The sleeper half turned, and then settled down once more into a deep slumber. Holmes stooped to the water jug, moistened his sponge, and then rubbed it twice vigorously across and down the prisoner's face.

grossièrement vêtu comme lorsqu'il était arrivé, avec une chemise colorée qui sortait d'une déchirure de son manteau en lambeaux. Il était, comme l'avait dit l'inspecteur, extrêmement sale, mais la crasse qui couvrait son visage ne pouvait pas dissimuler sa laideur repoussante. La large marque d'une vieille cicatrice le barrait de l'œil au menton, et une contraction retroussait le bord de la lèvre supérieure, si bien que ses dents étaient exposées en un rictus perpétuel. Une tignasse de cheveux d'un rouge éclatant retombait sur ses yeux et son front.

« C'est une beauté, n'est-ce pas ? dit l'inspecteur.

– Il a certainement besoin de se laver, fit remarquer Holmes. J'avais dans l'idée que ce serait le cas et j'ai pris la liberté d'emporter les instruments avec moi. » Il ouvrit sa serviette pendant qu'il parlait et en sortit, à ma surprise, une très grande éponge de bain.

« Eh ! eh ! Vous êtes un drôle de personnage, rit l'inspecteur.

– Maintenant, si vous avez la grande bonté d'ouvrir cette porte très doucement, nous le ferons bientôt apparaître sous un aspect plus respectable.

– Eh bien, pourquoi pas, dit l'inspecteur. Il ne fait pas honneur aux cellules de Bow Street, n'est-ce pas ? » Il glissa sa clef dans la serrure et nous entrâmes très doucement dans la cellule. Le dormeur se tourna à moitié et retomba à nouveau dans un sommeil profond. Holmes se pencha vers le broc d'eau, mouilla son éponge et la passa vigoureusement deux fois sur le visage du prisonnier.

'Let me introduce you,' he shouted, 'to Mr Neville St Clair, of Lee, in the county of Kent.'

Never in my life have I seen such a sight. The man's face peeled off under the sponge like the bark from a tree. Gone was the coarse brown tint! Gone, too, the horrid scar which had seamed it across, and the twisted lip which had given the repulsive sneer to the face! A twitch brought away the tangled red hair, and there, sitting up in his bed, was a pale, sad-faced, refined-looking man, black-haired and smooth-skinned, rubbing his eyes, and staring about him with sleepy bewilderment. Then suddenly realizing the exposure, he broke into a scream, and threw himself down with his face to the pillow.

'Great heaven!' cried the inspector, 'it is, indeed, the missing man. I know him from the photograph.'

The prisoner turned with the reckless air of a man who abandons himself to his destiny. 'Be it so,' said he. 'And pray what am I charged with?'

'With making away with Mr Neville St – Oh, come, you can't be charged with that, unless they make a case of attempted suicide of it,' said the inspector, with a grin. 'Well, I have been twenty-seven years in the Force, but this really takes the cake.'

'If I am Mr Neville St Clair, then it is obvious that no crime has been committed, and that, therefore, I am illegally detained.'

« Laissez-moi vous présenter, hurla-t-il, Mr. Neville St Clair, de Lee dans le comté du Kent. »

Jamais de ma vie je n'avais vu un tel spectacle. Le visage de l'homme pela sous l'éponge comme l'écorce d'un arbre. Disparue la grossière couleur marron ! Disparue aussi l'horrible cicatrice qui le couturait et la lèvre tordue qui donnait à son visage ce rictus repoussant ! Une secousse emporta la perruque rouge et embroussaillée, et là, assis sur le lit, il y avait un homme pâle, triste, d'apparence raffinée, les cheveux noirs et la peau lisse, qui se frottait les yeux et regardait autour de lui avec une confusion ensommeillée. Puis réalisant soudain qu'il était démasqué, il poussa un cri et se jeta la tête dans l'oreiller.

« Grands dieux ! cria l'inspecteur, c'est en fait l'homme disparu. Je le reconnais d'après sa photographie. »

Le prisonnier se retourna avec l'air téméraire d'un homme qui n'a plus rien à perdre[1]. « C'est ainsi, dit-il. Et je vous prie, de quoi suis-je accusé ?

– D'avoir fait disparaître Mr. Neville St... Oh, allons, vous ne pouvez pas être accusé de cela, à moins qu'on en fasse un cas de tentative de suicide, dit l'inspecteur avec une grimace. Eh bien, je suis dans la police depuis vingt-sept ans, mais ça, c'est vraiment le bouquet.

– Si je suis Mr. Neville St Clair, alors il est évident qu'aucun crime n'a été commis et dans ce cas, je suis détenu illégalement.

1. *Who abandons himself to his destiny* : littéralement, qui s'abandonne à son destin.

'No crime, but a very great error has been committed,' said Holmes. 'You would have done better to have trusted your wife.'

'It was not the wife, it was the children,' groaned the prisoner. 'God help me, I would not have them ashamed of their father. My God! What an exposure! What can I do?'

Sherlock Holmes sat down beside him on the couch, and patted him kindly on the shoulder.

'If you leave it to a court of law to clear the matter up,' said he, 'of course you can hardly avoid publicity. On the other hand, if you convince the police authorities that there is no possible case against you, I do not know that there is any reason that the details should find their way into the papers. Inspector Bradstreet would, I am sure, make notes upon anything which you might tell us, and submit it to the proper authorities. The case would then never go into court at all.'

'God bless you!' cried the prisoner passionately. 'I would have endured imprisonment, aye, even execution, rather than have left my miserable secret as a family blot to my children.

'You are the first who have ever heard my story. My father was a schoolmaster in Chesterfield, where I received an excellent education. I travelled in my youth, took to the stage, and finally became a reporter on an evening paper in London. One day my editor wished to have a series of articles upon begging in the metropolis, and I volunteered to supply them. There was the point from which all my adventures started.

– Ce n'est pas un crime, mais c'est une très grande erreur qui a été commise, dit Holmes. Vous auriez mieux fait de faire confiance à votre femme.

– Ce n'était pas ma femme, c'était les enfants, gémit le prisonnier. Dieu me vienne en aide, je ne voudrais pas qu'ils aient honte de leur père. Mon Dieu ! Quelle révélation ! Que puis-je faire ? »

Sherlock Holmes s'assit près de lui sur la couchette et lui tapota gentiment l'épaule.

« Si vous laissez une cour de justice éclaircir le problème, dit-il, vous ne pourrez bien sûr pas éviter la publicité. D'un autre côté, si vous convainquez les autorités de la police qu'il n'y a pas d'affaire contre vous, je ne pense pas qu'il y ait une raison pour que les détails apparaissent dans les journaux. L'inspecteur Bradstreet noterait, j'en suis sûr, tout ce que vous pourriez nous dire et le soumettrait aux autorités compétentes. L'affaire n'irait alors jamais en justice.

– Dieu vous bénisse ! cria le prisonnier passionnément. J'aurais supporté la prison, toujours, même une exécution, plutôt que de laisser mon misérable secret comme une souillure familiale à mes enfants.

« Vous êtes les premiers à entendre mon histoire. Mon père était maître d'école à Chesterfield où j'ai reçu une excellente éducation. J'ai voyagé dans ma jeunesse, fait de la scène et suis finalement devenu journaliste pour un journal du soir à Londres. Un jour, mon rédacteur souhaita avoir une série d'articles sur la mendicité dans la métropole et je fus volontaire pour les lui fournir. Là est le point de départ de mes aventures.

It was only by trying begging as an amateur that I could get the facts upon which to base my articles. When an actor I had, of course, learned all the secrets of making up, and had been famous in the green-room for my skill. I took advantage now of my attainments. I painted my face, and to make myself as pitiable as possible I made a good scar and fixed one side of my lip in a twist by the aid of a small slip of flesh-coloured plaster. Then with a red head of hair, and an appropriate dress, I took my station in the busiest part of the City, ostensibly as a matchseller, but really as a beggar. For seven hours I plied my trade, and when I returned home in the evening I found, to my surprise, that I had received no less than twenty-six shillings and four pence.

'I wrote my articles, and thought little more of the matter until, some time later, I backed a bill for a friend, and had a writ served upon me for £25. I was at my wits' end where to get the money, but a sudden idea came to me. I begged a fortnight's grace from the creditor, asked for a holiday from my employers, and spent the time in begging in the City under my disguise. In ten days I had the money, and had paid the debt.

'Well, you can imagine how hard it was to settle down to arduous work at two pounds a week, when I knew that I could earn as much in a day by smearing my face with a little paint, laying my cap

C'était seulement en essayant de mendier comme amateur que je pouvais réunir les faits sur lesquels fonder mes articles. En tant qu'acteur, j'avais bien sûr appris tous les secrets du maquillage et j'étais célèbre au foyer des artistes pour mon habileté. J'ai donc tiré avantage de mes talents. J'ai peint mon visage et pour me rendre aussi pitoyable que possible, j'ai fait une belle cicatrice et fixé un côté de ma lèvre en une torsion à l'aide d'un petit morceau d'emplâtre de couleur chair. Puis avec une perruque rouge et des vêtements appropriés, j'ai pris ma place dans la partie la plus active de la City, prétendument comme vendeur d'allumettes, mais en réalité comme mendiant. Pendant sept heures, je m'adonnai à mon commerce et quand je revins à la maison dans la soirée, je m'aperçus, à ma surprise, que je n'avais pas reçu moins de vingt-six shillings et quatre pences.

« J'écrivis mes articles, et je ne pensais plus guère à l'affaire jusqu'à ce que j'endosse une note pour un ami et reçoive une assignation pour vingt-cinq livres. Je me creusais la tête pour savoir où trouver l'argent, mais une idée soudaine me vint. J'implorai un délai de quinze jours auprès de mon créditeur, demandai des vacances à mes employeurs et passai mon temps à mendier dans la City sous mon déguisement. En dix jours, j'avais mon argent et j'avais payé ma dette.

« Eh bien, vous pouvez imaginer comme il fut difficile de revenir à un travail laborieux payé deux livres par semaine quand je savais que je pouvais gagner autant en un jour si je barbouillais mon visage avec un peu de fard, étalais mon béret

on the ground, and sitting still. It was a long fight between my pride and the money, but the dollars won at last, and I threw up reporting, and sat day after day in the corner which I had chosen, inspiring pity by my ghastly face and filling my pockets with coppers. Only one man knew my secret. He was the keeper of a low den in which I used to lodge in Swandam Lane, where I could every morning emerge as a squalid beggar and in the evening transform myself into a well-dressed man about town. This fellow, a Lascar, was well paid by me for his rooms, so that I knew that my secret was safe in his possession.

'Well, very soon I found that I was saving considerable sums of money. I do not mean that any beggar in the streets of London could earn seven hundred pounds a year – which is less than my average takings – but I had exceptional advantages in my power of making up, and also in a facility in repartee, which improved by practice, and made me quite a recognized character in the City. All day a stream of pennies, varied by silver, poured in upon me, and it was a very bad day upon which I failed to take two pounds.

'As I grew richer I grew more ambitious, took a house in the country, and eventually married, without anyone having a suspicion as to my real occupation. My dear wife knew that I had business in the City. She little knew what.

sur le trottoir et restais tranquillement assis. Ce fut une longue lutte entre mon orgueil et l'argent, mais l'argent finit par gagner, je laissai tomber le journalisme et m'assis jour après jour dans le coin que j'avais choisi, inspirant pitié avec mon visage affreux et remplissant mes poches de monnaie. Seul un homme connaissait mon secret. C'était le propriétaire d'une fumerie en sous-sol dans laquelle je logeais dans Swandam Lane, d'où je pouvais sortir tous les matins en mendiant crasseux et où je me transformais le soir en homme habillé en tenue de ville. L'individu, un Lascar, était bien payé pour son appartement, aussi je savais que mon secret était en sécurité en sa possession.

« Or, très bientôt je me rendis compte que je gagnais des sommes d'argent considérables. Je ne veux pas dire que n'importe quel mendiant dans les rues de Londres pourrait gagner sept cents livres par an – ce qui est moins que ma recette moyenne – mais j'avais des avantages exceptionnels avec mon art du maquillage et aussi une facilité de repartie qui s'accrut avec la pratique et fit de moi un personnage tout à fait reconnu dans la City. Toute la journée, un flot de pennies, alternant avec des pièces d'argent, se déversait sur moi, et c'était un très mauvais jour quand je n'atteignais pas deux livres.

« Comme je devenais plus riche, je devenais plus ambitieux ; j'achetai une maison à la campagne et me mariai finalement, sans que personne n'ait eu de soupçon sur mon activité réelle. Ma chère femme savait que j'avais des affaires dans la City. Elle ne savait guère lesquelles.

'Last Monday I had finished for the day, and was dressing in my room above the opium den, when I looked out of the window, and saw, to my horror and astonishment, that my wife was standing in the street, with her eyes fixed full upon me. I gave a cry of surprise, threw up my arms to cover my face, and rushing to my confidant, the Lascar, entreated him to prevent anyone from coming up to me. I heard her voice downstairs, but I knew that she could not ascend. Swiftly I threw off my clothes, pulled on those of a beggar, and put on my pigments and wig. Even a wife's eyes could not pierce so complete a disguise. But then it occurred to me that there might be a search in the room and that the clothes might betray me. I threw open the window, re-opening by my violence a small cut which I had inflicted upon myself in the bedroom that morning. Then I seized my coat, which was weighted by the coppers which I had just transferred to it from the leather bag in which I carried my takings. I hurled it out of the window, and it disappeared into the Thames. The other clothes would have followed, but at that moment there was a rush of constables up the stairs, and a few minutes after I found, rather, I confess, to my relief, that instead of being identified as Mr Neville St Clair, I was arrested as his murderer.

'I do not know that there is anything else for me to explain. I was determined to preserve my disguise as long as possible, and hence my preference

«Lundi dernier, j'avais fini ma journée et je m'habillais dans ma chambre au-dessus de la fumerie d'opium, quand je regardai par la fenêtre et vis, avec horreur et étonnement, que ma femme se tenait dans la rue, les yeux fixés en plein sur moi. Je poussai un cri de surprise, levai les bras pour couvrir mon visage, et me précipitai vers mon complice le Lascar pour le supplier d'empêcher quiconque de monter me voir. J'entendis sa voix en bas des escaliers, mais je savais qu'elle ne pourrait pas monter. Rapidement, j'ôtai mes vêtements, enfilai ceux de mendiant, et mis mon fard et ma perruque. Même les yeux d'une épouse n'auraient pas pu transpercer un déguisement si total. Mais il m'apparut qu'on fouillerait peut-être la pièce et que mes vêtements pourraient me trahir. J'ouvris brutalement la fenêtre, rouvrant dans ma violence une petite coupure que je m'étais faite ce matin-là dans la chambre. Puis je saisis mon manteau qui était lesté par les pièces que j'avais juste transférées du sac en cuir dans lequel je transportais ma recette. Je le lançai par la fenêtre et il disparut dans la Tamise. Les autres vêtements auraient suivi le même chemin, mais à ce moment-là il y eut une bousculade de policiers dans les escaliers et quelques minutes après je me rendis compte, je l'avoue, à mon soulagement, qu'au lieu d'être identifié comme Mr. Neville St Clair, j'étais arrêté pour son meurtre.

«Je ne sais pas s'il y a autre chose à expliquer. J'étais déterminé à préserver mon déguisement aussi longtemps que possible, et de là ma préférence

for a dirty face. Knowing that my wife would be terribly anxious, I slipped off my ring, and confided it to the Lascar at a moment when no constable was watching me, together with a hurried scrawl, telling her that she had no cause to fear.'

'That note only reached her yesterday,' said Holmes.

'Good God! What a week she must have spent.'

'The police have watched this Lascar,' said Inspector Bradstreet, 'and I can quite understand that he might find it difficult to post a letter unobserved. Probably he handed it to some sailor customer of his, who forgot all about it for some days.'

'That was it,' said Holmes, nodding approvingly, 'I have no doubt of it. But have you never been prosecuted for begging?'

'Many times; but what was a fine to me?'

'It must stop here, however,' said Bradstreet. 'If the police are to hush this thing up, there must be no more of Hugh Boone.'

'I have sworn it by the most solemn oaths which a man can take.'

'In that case I think that it is probable that no further steps may be taken. But if you are found again, then all must come out. I am sure, Mr Holmes, that we are very much indebted to you for having cleared the matter up. I wish I knew how you reach your results.'

pour un visage sale. Sachant que ma femme serait terriblement inquiète, j'enlevai ma bague et la confiai au Lascar à un moment où il n'y avait pas d'agent qui me regardait, avec un griffonnage rapide disant qu'elle n'avait pas de raison d'être inquiète.

– Le billet lui est parvenu seulement hier, dit Holmes.

– Grand Dieu ! Quelle semaine elle a dû passer.

– La police a surveillé ce Lascar, dit l'inspecteur Bradstreet, et je peux parfaitement comprendre qu'il ait eu des difficultés pour poster la lettre sans être observé. Il l'a probablement donnée à un marin de sa connaissance qui l'a oubliée pendant quelques jours.

– C'est cela, dit Holmes en hochant la tête pour approuver, je n'ai aucun doute là-dessus. Mais n'avez-vous jamais été poursuivi pour mendicité ?

– De nombreuses fois ; mais que représentait une amende pour moi ?

– Cela doit se terminer ici, cependant, dit Bradstreet. Si la police doit taire cette histoire, il ne faut plus qu'il y ait de Hugh Boone.

– Je l'ai juré du plus solennel serment qu'un homme puisse faire.

– Dans ce cas, je pense qu'il est probable qu'aucune nouvelle disposition ne sera prise. Mais si on vous retrouve encore une fois, tout devra être divulgué. Je suis sûr, Mr. Holmes, que nous vous sommes très redevables d'avoir éclairci cette affaire. J'aimerais savoir comment vous parvenez à vos résultats.

'I reached this one,' said my friend, 'by sitting upon five pillows and consuming an ounce of shag. I think, Watson, that if we drive to Baker Street we shall just be in time for breakfast.'

–Je suis parvenu à celui-ci, dit mon ami, en m'asseyant sur cinq oreillers et en fumant une once de tabac très fort. Je pense, Watson, que si nous partons pour Baker Street, nous devrions y être à temps pour le petit déjeuner. »

The Engineer's Thumb
Le pouce de l'ingénieur

THE ENGINEER'S THUMB

Of all the problems which have been submitted to my friend Mr Sherlock Holmes for solution during the years of our intimacy, there were only two which I was the means of introducing to his notice, that of Mr Hatherley's thumb and that of Colonel Warburton's madness. Of these the latter may have afforded a finer field for an acute and original observer, but the other was so strange in its inception and so dramatic in its details, that it may be the more worthy of being placed upon record, even if it gave my friend fewer openings for those deductive methods of reasoning by which he achieved such remarkable results. The story has, I believe, been told more than once in the newspapers, but, like all such narratives, its effect is much less striking when set forth *en bloc* in a single half-column of print than when the facts slowly evolve before your own eyes and the mystery clears

LE POUCE DE L'INGÉNIEUR

De tous les problèmes qui ont été soumis, pendant nos années d'intimité, à mon ami Mr. Sherlock Holmes pour qu'il les résolve, il y en a seulement deux que je lui ai apportés[1] : celui du pouce de Mr. Hatherley et celui de la folie du colonel Warburton. Ce dernier peut avoir offert un meilleur terrain pour un observateur vif et original, mais l'autre fut si étrange dans son commencement et si dramatique dans ses détails qu'il est plus digne d'être gardé en mémoire, même s'il laissa à mon ami moins de place à ces méthodes déductives de raisonnement par lesquelles il atteint de si remarquables résultats. L'histoire a, je crois, été racontée plus d'une fois dans les journaux, mais, comme dans tous les récits de ce genre, l'effet est moins frappant quand il est mis en avant en bloc dans une demi-colonne imprimée que quand les faits se déroulent lentement devant vos yeux et que le mystère s'éclaircit

1. *I was the means of introducing to his notice* : littéralement, je fus le moyen de leur introduction à son attention.

gradually away as each new discovery furnishes a step which leads on to the complete truth. At the time the circumstances made a deep impression upon me, and the lapse of two years has hardly served to weaken the effect.

It was in the summer of '89, not long after my marriage, that the events occurred which I am now about to summarize. I had returned to civil practice, and had finally abandoned Holmes in his Baker Street rooms, although I continually visited him, and occasionally even persuaded him to forgo his Bohemian habits so far as to come and visit us. My practice had steadily increased, and as I happened to live at no very great distance from Paddington Station, I got a few patients from among the officials. One of these whom I had cured of a painful and lingering disease was never weary of advertising my virtues, and of endeavouring to send me on every sufferer over whom he might have any influence.

One morning, at a little before seven o'clock, I was awakened by the maid tapping at the door, to announce that two men had come from Paddington, and were waiting in the consulting-room. I dressed hurriedly, for I knew by experience that railway cases were seldom trivial, and hastened downstairs. As I descended, my old ally, the guard, came out of the room, and closed the door tightly behind him.

progressivement, tandis que chaque nouvelle découverte fournit une étape vers la complète vérité. À l'époque, les circonstances m'avaient fait une forte impression et l'intervalle de deux ans en a à peine dissipé l'effet.

C'est pendant l'été de 89, pas très longtemps après mon mariage, que les événements que je vais maintenant récapituler se déroulèrent. J'étais revenu à une clientèle civile et j'avais finalement abandonné Holmes dans son appartement de Baker Street, bien que je lui aie rendu visite continuellement et que je l'aie persuadé à l'occasion de renoncer à ses habitudes bohèmes et de venir nous voir. Ma clientèle avait constamment augmenté et, comme je vivais non loin de Paddington Station[1], j'avais quelques patients parmi les employés. L'un d'eux, que j'avais guéri d'une maladie douloureuse et prolongée, n'était jamais las de chanter mes louanges ni de s'efforcer de m'envoyer chaque malade sur lequel il pouvait avoir une quelconque influence.

Un matin, un peu avant sept heures, je fus réveillé par la bonne qui frappait à la porte pour annoncer que deux hommes étaient venus de Paddington et attendaient dans la salle de consultations. Je m'habillai à toute vitesse, car je savais par expérience que les accidents de chemin de fer étaient rarement anodins, et je me précipitai en bas. Comme je descendai, mon vieux copain le chef de gare sortit de la pièce et ferma complètement la porte derrière lui.

1. *Paddington Station* : grande gare ferroviaire de l'ouest londonien.

'I've got him here,' he whispered, jerking his thumb over his shoulder; 'he's all right.'

'What is it, then?' I asked, for his manner suggested that it was some strange creature which he had caged up in my room.

'It's a new patient,' he whispered. 'I thought I'd bring him round myself; then he couldn't slip away. There he is, all safe and sound. I must go now, Doctor, I have my dooties, just the same as you.' And off he went, this trusty tout, without even giving me time to thank him.

I entered my consulting-room, and found a gentleman seated by the table. He was quietly dressed in a suit of heather tweed, with a soft cloth cap, which he had laid down upon my books. Round one of his hands he had a handkerchief wrapped, which was mottled all over with bloodstains. He was young, not more than five-and-twenty, I should say, with a strong masculine face; but he was exceedingly pale, and gave me the impression of a man who was suffering from some strong agitation, which it took all his strength of mind to control.

'I am sorry to knock you up so early, Doctor,' said he. 'But I have had a very serious accident during the night. I came in by train this morning, and on inquiring at Paddington as to where I might find a doctor, a worthy fellow very kindly escorted me here. I gave the maid a card, but I see that she has left it upon the side table.'

« Je l'ai là, chuchota-t-il en agitant son pouce au-dessus de son épaule ; il va bien.

– Qu'y a-t-il alors ? demandai-je, car ses manières suggéraient que c'était une étrange créature qu'il avait enfermée dans ma salle de consultations.

– C'est un nouveau patient, murmura-t-il. J'ai pensé que je devais l'amener moi-même, ainsi il ne pourrait pas filer. Le voici, tout à fait sain et sauf. Je dois partir, docteur, j'ai mes obligations[1], tout comme vous. » Et il s'en fut, ce fidèle rabatteur, sans même me laisser le temps de le remercier.

J'entrai dans ma salle de consultations et trouvai un monsieur assis près de la table. Il était sobrement vêtu d'une veste de tweed violet[2], avec un chapeau mou qu'il avait posé sur mes livres. Autour d'une de ses mains, il avait un mouchoir enroulé qui était tout maculé de taches de sang. Il était jeune, pas plus de vingt-cinq ans, dirais-je, avec un fort visage viril ; mais il était excessivement pâle et me donna l'impression d'un homme qui souffre d'une violente agitation qu'il lui faut toute sa force mentale pour contrôler.

« Je suis désolé de frapper chez vous aussi tôt, docteur, dit-il. Mais j'ai eu un très grave accident cette nuit. Je suis venu par le train ce matin, et en demandant à Paddington où je pourrais trouver un docteur, un brave homme m'a gentiment accompagné ici. J'ai donné une carte à la bonne, mais je vois qu'elle l'a laissée sur la console. »

1. *Dooties = duties* : devoirs, obligations.
2. *Heather* : bruyère.

I took it up and glanced at it. 'Mr Victor Hatherley, hydraulic engineer, 16a Victoria Street (3rd floor).' That was the name, style, and abode of my morning visitor. 'I regret that I have kept you waiting,' said I, sitting down in my library chair. 'You are fresh from a night journey, I understand, which is in itself a monotonous occupation.'

'Oh, my night could not be called monotonous,' said he, and laughed. He laughed very heartily, with a high ringing note, leaning back in his chair, and shaking his sides. All my medical instincts rose up against that laugh.

'Stop it!' I cried. 'Pull yourself together!' And I poured some water from a carafe.

It was useless, however. He was off in one of those hysterical outbursts which come upon a strong nature when some great crisis is over and gone. Presently he came to himself once more, very weary and blushing hotly.

'I have been making a fool of myself,' he gasped.

'Not at all. Drink this!' I dashed some brandy into the water, and the colour began to come back to his bloodless cheeks.

'That's better!' said he. 'And now, Doctor, perhaps you would kindly attend to my thumb, or rather to the place where my thumb used to be.'

He unwound the handkerchief and held out his hand. It gave even my hardened nerves a shudder to look at it. There were four protruding fingers and a horrid red spongy surface where the thumb should have been. It had been hacked or torn right out from the roots.

Je la pris et la regardai. « Mr. Hatherley, ingénieur hydraulique, 16a Victoria Street (3ème étage). » C'était le nom, la profession et le domicile de mon visiteur matinal. « Je regrette de vous avoir fait attendre, dis-je en m'asseyant sur mon tabouret. Vous arrivez d'un voyage nocturne, si je comprends, ce qui est en soi une occupation très monotone.

– Oh, ma nuit ne pourrait pas être qualifiée de monotone » , dit-il et il rit. Il rit de très bon cœur, d'un ton très sonore, en se renversant dans son fauteuil et en se secouant les côtes. Tout mon instinct médical s'éleva contre ce rire.

« Arrêtez ! m'écriai-je. Reprenez-vous ! » Et je versai de l'eau d'une carafe.

C'était cependant inutile. Il était pris d'un de ces emportements hystériques qui arrivent à une nature forte quand une grande crise est finie et a disparu. Bientôt il revint à lui, très las et rougissant violemment.

« Je me suis conduit comme un imbécile, haleta-t-il.

« Pas du tout. Buvez ça ! » Je versai du brandy dans l'eau et la couleur commença à revenir sur ses joues exsangues.

« C'est mieux ! dit-il. Et maintenant, docteur, peut-être auriez-vous la bonté d'examiner mon pouce ou plutôt l'endroit où était mon pouce. »

Il dénoua le mouchoir et tendit sa main. Cela me donna un frisson de la regarder, malgré mes nerfs endurcis. Il y avait quatre doigts en avant et un affreux endroit rouge, spongieux, où le pouce aurait dû être. Il avait été coupé ou arraché juste au-dessus de la racine.

'Good heavens!' I cried, 'this is a terrible injury. It must have bled considerably.'

'Yes, it did. I fainted when it was done; and I think that I must have been senseless for a long time. When I came to, I found that it was still bleeding, so I tied one end of my handkerchief very tightly round the wrist, and braced it up with a twig.'

'Excellent! You should have been a surgeon.'

'It is a question of hydraulics, you see, and came within my own province.'

'This has been done,' said I, examining the wound, 'by a very heavy and sharp instrument.'

'A thing like a cleaver,' said he.

'An accident, I presume?'

'By no means.'

'What, a murderous attack!'

'Very murderous indeed.'

'You horrify me.'

I sponged the wound, cleaned it, dressed it; and, finally, covered it over with cotton wadding and carbolized bandages. He lay back without wincing, though he bit his lip from time to time.

'How is that?' I asked, when I had finished.

'Capital! Between your brandy and your bandage, I feel a new man. I was very weak, but I have had a good deal to go through.'

'Perhaps you had better not speak of the matter. It is evidently trying to your nerves.'

« Grands dieux ! m'écriai-je, c'est une terrible blessure. Cela doit avoir considérablement saigné.

– Oui. Je me suis évanoui quand c'est arrivé ; et je crois que je dois avoir perdu connaissance pendant longtemps. Quand je suis revenu à moi, je me suis rendu compte que cela saignait encore, aussi j'ai noué un bout de mon mouchoir très serré autour du poignet et je l'ai tendu avec un morceau de bois.

– Excellent ! Vous auriez dû être chirurgien.

– C'est un problème d'hydraulique, voyez-vous, et c'est de mon domaine.

– Cela a été fait, dis-je en examinant la blessure, par un instrument très lourd et aiguisé.

– Quelque chose comme un couperet.

– Un accident, je présume ?

– Pas du tout.

– Quoi, une attaque meurtrière ?

– Très meurtrière en effet.

– Vous m'horrifiez. »

J'épongeai la plaie, la nettoyai, l'arrangeai, et finalement la recouvris avec une bourre de coton et des bandages désinfectants[1]. Il s'allongea sans bouger, bien qu'il se mordît les lèvres de temps en temps.

« Comment est-ce ? demandai-je quand j'eus fini.

– Épatant ! Entre votre brandy et votre pansement, je me sens un homme neuf. J'étais très faible, mais il m'est arrivé tellement de choses.

– Peut-être ne devriez-vous pas parler du problème. Cela met manifestement vos nerfs à l'épreuve.

1. *Carbolic acid* : acide phénique, phénol. Désinfectant.

'Oh, no; not now. I shall have to tell my tale to the police; but, between ourselves, if it were not for the convincing evidence of this wound of mine, I should be surprised if they believed my statement, for it is a very extraordinary one, and I have not much in the way of proof with which to back it up. And, even if they believe me, the clues which I can give them are so vague that it is a question whether justice will be done.'

'Ha!' cried I, 'if it is anything in the nature of a problem which you desire to see solved, I should strongly recommend you to come to my friend Mr Sherlock Holmes before you go to the official police.'

'Oh, I have heard of that fellow,' answered my visitor, 'and I should be very glad if he would take the matter up, though of course I must use the official police as well. Would you give me an introduction to him?'

'I'll do better. I'll take you round to him myself.'

'I should be immensely obliged to you.'

'We'll call a cab and go together. We shall just be in time to have a little breakfast with him. Do you feel equal to it?'

'Yes. I shall not feel easy until I have told my story.'

'Then my servant will call a cab, and I shall be with you in an instant.' I rushed upstairs, explained the matter shortly to my wife, and in five minutes was inside a hansom, driving with my new acquaintance to Baker Street.

– Oh non, plus maintenant. Je devrais raconter mon histoire à la police; mais, entre nous, s'il n'y avait pas cette blessure comme preuve pour les convaincre, je serais surpris s'ils croyaient à mon récit, car il est très extraordinaire et je n'ai pas beaucoup de preuves pour l'étayer. Et, même s'ils me croient, les indices que je peux leur donner sont si vagues que je doute que justice soit faite.

– Ha! criai-je, s'il y a quelque chose dans ce problème que vous voulez voir résolu, je vous recommanderais vivement de rendre visite à mon ami Mr. Sherlock Holmes avant d'aller voir la police officielle.

– Oh, j'ai entendu parler de ce monsieur, répondit mon visiteur, et je lui serais très reconnaissant s'il voulait prendre l'affaire en main, bien que, bien sûr, je doive aussi avoir recours à la police officielle. Me donneriez-vous un mot d'introduction pour lui?

– Je ferai mieux. Je vais vous accompagner moi-même chez lui.

– Je vous en serais immensément obligé.

– Nous allons appeler un fiacre et y aller ensemble. Nous devrions y être juste à temps pour prendre un petit déjeuner avec lui. Vous en sentez-vous capable?

– Oui. Je ne me sentirai pas à l'aise avant d'avoir raconté mon histoire.

– Alors ma domestique va appeler un fiacre, et je serai à vous dans un instant.» Je me précipitai en haut, expliquai brièvement l'affaire à ma femme, et en cinq minutes j'étais dans un fiacre conduisant ma nouvelle connaissance à Baker Street.

Sherlock Holmes was, as I expected, lounging about his sitting-room in his dressing-gown, reading the agony column of *The Times*, and smoking his before-breakfast pipe, which was composed of all the plugs and dottles left from his smokes of the day before, all carefully dried and collected on the corner of the mantelpiece. He received us in his quietly genial fashion, ordered fresh rashers and eggs, and joined us in a hearty meal. When it was concluded he settled our new acquaintance upon the sofa, placed a pillow beneath his head, and laid a glass of brandy and water within his reach.

'It is easy to see that your experience has been no common one, Mr Hatherley,' said he. 'Pray lie down there and make yourself absolutely at home. Tell us what you can, but stop when you are tired, and keep up your strength with a little stimulant.'

'Thank you,' said my patient, 'but I have felt another man since the doctor bandaged me, and I think that your breakfast has completed the cure. I shall take up as little of your valuable time as possible, so I shall start at once upon my peculiar experiences.'

Holmes sat in his big armchair, with the weary, heavy-lidded expression which veiled his keen and eager nature, while I sat opposite to him, and we listened in silence to the strange story which our visitor detailed to us.

'You must know,' said he, 'that I am an orphan

Sherlock Holmes, comme je m'y attendais, traînait dans son salon en robe de chambre et lisait la colonne nécrologique du *Times* en fumant sa pipe d'avant le petit déjeuner, pipe qui était bourrée de toutes les carottes et cendres[1] de ses pipes de la veille, toutes soigneusement séchées et recoltées dans le coin de la cheminée. Il nous reçut de sa manière tranquillement affable, demanda des œufs frais et du bacon et se joignit à nous pour un copieux repas. Quand ce fut terminé, il installa notre nouvelle connaissance sur le canapé, plaça un oreiller derrière sa tête et posa un verre de brandy et d'eau à sa portée.

« Il est facile de voir que votre expérience n'a pas été une expérience ordinaire, Mr. Hatherley, dit-il. Je vous en prie, allongez-vous là et faites tout à fait comme chez vous. Dites-nous ce que vous pouvez, mais arrêtez-vous quand vous serez fatigué et soutenez vos forces avec un petit stimulant.

– Merci, dit mon patient, mais je me sens un autre homme depuis que le docteur m'a bandé, et je crois que votre petit déjeuner a complété la cure. Je ne voudrais pas prendre trop de votre précieux temps, aussi je vais raconter maintenant mes curieuses expériences. »

Holmes s'assit dans un grand fauteuil, avec l'expression lasse, paresseuse qui voilait sa nature attentive et impétueuse, tandis que je m'asseyai en face de lui, et nous écoutâmes en silence l'étrange histoire que notre visiteur nous détailla.

« Vous devez savoir, dit-il, que je suis orphelin

1. *Dottle* : culot de pipe. Par métonymie, ce qu'il y a dans le culot des pipes de la veille.

and a bachelor, residing alone in lodgings in London. By profession I am a hydraulic engineer, and have had considerable experience of my work during the seven years that I was apprenticed to Venner & Matheson, the well-known firm of Greenwich. Two years ago, having served my time, and having also come into a fair sum of money through my poor father's death, I determined to start in business for myself, and took professional chambers in Victoria Street.

'I suppose that everyone finds his first independent start in business a dreary experience. To me it has been exceptionally so. During two years I have had three consultations and one small job, and that is absolutely all that my profession has brought me. My gross takings amount to twenty-seven pounds ten. Every day, from nine in the morning until four in the afternoon, I waited in my little den, until at last my heart began to sink, and I came to believe that I should never have any practice at all.

'Yesterday, however, just as I was thinking of leaving the office, my clerk entered to say there was a gentleman waiting who wished to see me upon business. He brought up a card, too, with the name of "Colonel Lysander Stark" engraved upon it. Close at his heels came the Colonel himself, a man rather over the middle size but of an exceeding thinness. I do not think that I have ever seen so thin a man. His whole face sharpened away into nose and chin, and the skin of his cheeks was drawn quite tense over his outstanding bones. Yet this emaciation seemed to be his natural habit, and due to no disease, for his eye

et célibataire, et que je vis seul dans un meublé à Londres. Je suis ingénieur hydraulique de profession et j'ai acquis une expérience considérable de mon travail pendant les sept ans durant lesquels j'étais apprenti chez Venner & Matheson, la célèbre entreprise de Greenwich. Il y a deux ans, ayant fait mon apprentissage et reçu une honnête somme d'argent à cause de la mort de mon pauvre père, je décidai de monter ma propre entreprise et pris des bureaux dans Victoria Street.

«Je suppose que chacun trouve que ses débuts professionnels en indépendant sont une expérience ennuyeuse. Pour moi, cela a été particulièrement ainsi. En deux ans, j'eus trois consultations et un petit travail, et c'est absolument tout ce que ma profession m'a apporté. Mon revenu s'élevait à vingt-sept livres dix. Chaque jour, de neuf heures du matin à quatre heures de l'après-midi, j'attendais dans mon petit repaire, jusqu'à ce que mon cœur commence à sombrer et que j'en vienne à croire que je n'aurais jamais aucune clientèle.

«Cependant, hier, juste quand je pensais quitter mon bureau, mon secrétaire entra pour dire qu'un monsieur attendait et désirait me voir pour un travail. Il montra aussi une carte avec le nom de "colonel Lysander Stark" gravé dessus. Sur ses talons arriva le colonel lui-même, un homme de taille plutôt moyenne, mais d'une maigreur excessive. Je ne crois pas avoir jamais vu un homme aussi maigre. Tout son visage pointait en un nez et un menton, et la peau de ses joues était tirée sur ses os proéminents. Pourtant cette émaciation semblait être naturelle et non pas due à une maladie, car ses yeux

was bright, his step brisk, and his bearing assured. He was plainly but neatly dressed, and his age, I should judge, would be nearer forty than thirty.

' "Mr Hatherley?" said he, with something of a German accent. "You have been recommended to me, Mr Hatherley, as being a man who is not only proficient in his profession, but is also discreet and capable of preserving a secret."

'I bowed, feeling as flattered as any young man would at such an address. "May I ask who it was who gave me so good a character?" I asked.

' "Well, perhaps it is better that I should not tell you just at this moment. I have it from the same source that you are both an orphan and a bachelor, and are residing alone in London."

' "That is quite correct," I answered, "but you will excuse me if I say that I cannot see how all this bears upon my professional qualifications. I understood that it was on a professional matter that you wished to speak to me?"

' "Undoubtedly so. But you will find that all I say is really to the point. I have a professional commission for you, but absolute secrecy is quite essential – *absolute* secrecy, you understand, and of course we may expect that more from a man who is alone than from one who lives in the bosom of his family."

' "If I promise to keep a secret," said I, "you may absolutely depend upon my doing so."

étaient brillants, son pas vif et son maintien assuré. Il était habillé simplement mais proprement, et son âge, d'après moi, tournait plus autour de quarante ans que de trente.

« "Mr. Hatherley ? dit-il, avec comme un accent allemand. Vous m'avez été recommandé, Mr. Hatherley, comme étant un homme qui n'est pas seulement compétent dans sa profession, mais est aussi discret et capable de garder un secret."

« Je m'inclinai, flatté comme n'importe quel jeune homme par une telle présentation. "Puis-je vous demander qui m'a doté d'une si bonne réputation ? demandai-je.

« – Eh bien, peut-être ferais-je mieux de ne pas vous le dire pour le moment. Je sais de la même source que vous êtes orphelin, célibataire, et que vous vivez seul à Londres.

« – C'est tout à fait exact, répondis-je, mais vous m'excuserez si je vous dis que je ne vois pas en quoi cela influe sur mes qualités professionnelles. J'avais compris que c'était pour une affaire professionnelle que vous désiriez me parler ?

« – Indubitablement. Mais vous vous rendrez compte que tout ce que je dis concerne vraiment ce point. J'ai des instructions professionnelles pour vous, mais une discrétion absolue est vraiment nécessaire – une discrétion absolue, comprenez-vous, et bien sûr nous attendons plus cela d'un homme qui vit seul que de quelqu'un qui vit au sein de sa famille.

« – Si je promets de garder un secret, dis-je, vous pouvez me faire absolument confiance."

'He looked very hard at me as I spoke, and it seemed to me that I had never seen so suspicious and questioning an eye.

' "You do promise, then?" said he at last.

' "Yes, I promise."

' "Absolute and complete silence, before, during, and after? No reference to the matter at all, either in word or writing?"

' "I have already given you my word."

' "Very good." He suddenly sprang up, and darting like lightning across the room he flung open the door. The passage outside was empty.

' "That's all right," said he, coming back. "I know that clerks are sometimes curious as to their masters' affairs. Now we can talk in safety." He drew up his chair very close to mine, and began to stare at me again with the same questioning, and thoughtful look.

'A feeling of repulsion and of something akin to fear had begun to rise within me at the strange antics of this fleshless man. Even my dread of losing a client could not restrain me from showing my impatience.

' "I beg that you will state your business, sir," said I; "my time is of value." Heaven forgive me for that last sentence, but the words came to my lips.

' "How would fifty guineas for a night's work suit you?" he asked.

' "Most admirably."

« Il me regardait très fixement pendant que je parlais et il me sembla que je n'avais jamais vu un œil si soupçonneux et inquisiteur.

« "Vous promettez alors, dit-il enfin.

« – Oui, je promets.

« – Un silence absolu et complet avant, pendant et après ? Aucune référence du tout à l'affaire, pas un mot, ni un écrit ?

« – Je vous ai déjà donné ma parole.

« – Très bien." Il bondit soudain et, se précipitant comme la foudre à travers la pièce, il ouvrit brutalement la porte. Le couloir dehors était vide.

« "Tout va bien, dit-il en revenant. Je sais que les secrétaires sont parfois curieux quant aux affaires de leurs employeurs. Maintenant nous pouvons parler en sécurité." Il tira sa chaise très près de la mienne et commença à me dévisager avec le même regard inquisiteur et pensif.

« Un sentiment de répulsion et quelque chose proche de la peur avait commencé à monter en moi devant les étranges singeries de cet homme décharné. Même mon ennui de perdre un client ne pouvait me retenir de montrer mon impatience.

« "J'aimerais que vous exposiez votre affaire, monsieur, dis-je ; mon temps a de la valeur." Dieu me pardonne cette dernière phrase, mais les mots franchirent mes lèvres.

« "Est-ce que cinquante guinées pour un travail d'une nuit vous conviennent ? demanda-t-il.

« – Admirablement.

‘ “I say a night’s work, but an hour’s would be nearer the mark. I simply want your opinion about a hydraulic stamping machine which has got out of gear. If you show us what is wrong we shall soon set it right ourselves. What do you think of such a commission as that?”

‘ “The work appears to be light, and the pay munificent.”

‘ “Precisely so. We shall want you to come tonight by the last train.”

‘ “Where to?”

‘ “To Eyford, in Berkshire. It is a little place near the borders of Oxfordshire, and within seven miles of Reading. There is a train from Paddington which would bring you in there at about 11.15.”

‘ “Very good.”

‘ “I shall come down in a carriage to meet you.”

‘ “There is a drive, then?”

‘ “Yes, our little place is quite out in the country. It is a good seven miles from Eyford station.”

‘ “Then we can hardly get there before midnight. I suppose there would be no chance of a train back. I should be compelled to stop the night.”

‘ “Yes, we could easily give you a skakedown.”

‘ “That is very awkward. Could I not come at some more convenient hour?”

«– Je dis un travail d'une nuit, mais d'une heure serait plus proche de la réalité. Je veux simplement votre avis sur une presse hydraulique qui est tombée en panne. Si vous nous montrez ce qui ne va pas nous pourrons bientôt la réparer nous-mêmes. Que pensez-vous d'un tel travail ?

«– Le travail semble facile et la paie généreuse.

«– Précisément. Nous voudrions que vous veniez cette nuit par le dernier train.

«– Où ?

«– À Eyford, dans le Berkshire. C'est un petit endroit près de la frontière de l'Oxfordshire et à environ sept miles[1] de Reading. Il y a un train à Paddington qui vous amènera là-bas vers 11 h 15.

«– Très bien.

«– Je viendrai en voiture à votre rencontre.

«– Il y a un trajet alors ?

«– Oui, notre petit terrain est complètement en dehors de la ville, dans la campagne. C'est bien à sept miles de la gare d'Eyford.

«– Alors nous n'y serons pas avant minuit. Je suppose qu'il n'y a aucune chance d'avoir un train pour rentrer. Je serais obligé de rester la nuit.

«– Oui, nous pourrions facilement vous loger[2].

«– C'est très embarrassant. Ne pourrais-je pas venir à une heure plus commode ?

1. *Seven miles* : un peu plus de 11 km.
2. *A shakedown* : lit improvisé sur le plancher au moyen de couvertures, etc.

' "We have judged it best that you should come late. It is to recompense you for any inconvenience that we are paying you, a young and unknown man, a fee which would buy an opinion from the very heads of your profession. Still, of course, if you would like to draw out of the business, there is plenty of time to do so."

'I thought of the fifty guineas, and of how very useful they would be to me. "Not at all," said I; "I shall be very happy to accommodate myself to your wishes. I should like, however, to understand a little more clearly what it is that you wish me to do."

' "Quite so. It is very natural that the pledge of secrecy which we have exacted from you should have aroused your curiosity. I have no wish to commit you to anything without your having it all laid before you. I suppose that we are absolutely safe from eavesdroppers?"

' "Entirely."

' "Then the matter stands thus. You are probably aware that fuller's earth is a valuable product, and that it is only found in one or two places in England?"

' "I have heard so."

' "Some little time ago I bought a small place – a very small place – within ten miles of Reading.

«– Nous avons jugé qu'il était mieux que vous veniez tard. C'est pour vous dédommager de tous les inconvénients que nous vous payons, jeune homme inconnu, des honoraires qui pourraient acheter l'opinion des sommités de votre profession. Cependant, bien sûr, si vous voulez laisser tomber l'affaire, il est encore tout à fait temps de le faire."

«Je pensai aux cinquante guinées et combien elles me seraient utiles. "Pas du tout, dis-je. Je serai très content d'accéder à vos désirs; j'aimerais pourtant comprendre un peu plus clairement ce que vous souhaitez que je fasse.

«– Parfaitement. Il est très naturel que la promesse de secret que nous avons exigée de vous ait attisé votre curiosité. Je ne désire pas vous engager à faire quoi que ce soit sans vous avoir tout exposé d'abord. Je suppose que nous sommes absolument protégés des oreilles indiscrètes?

«– Entièrement.

«– Alors le problème est le suivant. Vous savez sans doute que la terre à foulon [1] est un produit de valeur et qu'on en trouve seulement dans un ou deux endroits en Angleterre?

«– Je l'ai entendu dire.

«– Il y a quelque temps, j'ai acheté un petit terrain – un très petit terrain – à dix miles [2] de Reading.

1. Terre à foulon : argile servant au dégraissage du drap destiné au foulage. Le foulage est une opération qui resserre et enchevêtre les fibres de la laine et donne ainsi de l'épaisseur, de la force, et du moelleux au tissu.

2. *Ten miles* : environ 16 km.

I was fortunate enough to discover that there was a deposit of fuller's earth in one of my fields. On examining it, however, I found that this deposit was a comparatively small one, and that it formed a link between two very much larger ones upon the right and the left – both of them, however, in the grounds of my neighbours. These good people were absolutely ignorant that their land contained that which was quite as valuable as a gold mine. Naturally, it was to my interest to buy their land before they discovered its true value; but, unfortunately, I had no capital by which I could do this. I took a few of my friends into the secret, however, and they suggested that we should quietly and secretly work our own little deposit, and that in this way we should earn the money which would enable us to buy the neighbouring fields. This we have now been doing for some time, and in order to help us in our operations we erected a hydraulic press. This press, as I have already explained, has got out of order, and we wish your advice upon the subject. We guard our secret very jealously, however, and if it once became known that we had hydraulic engineers coming to our little house, it would soon rouse inquiry, and then, if the facts came out, it would be good-bye to any chance of getting these fields and carrying out our plans. That is why I have made you promise me that you will not tell a human being that you are going to Eyford tonight. I hope that I make it all plain?"

J'ai été assez chanceux pour découvrir qu'il y avait un dépôt de terre à foulon dans un de mes champs. Cependant, à l'examen, je me rendis compte que ce dépôt était comparativement petit et qu'il formait un lien entre deux plus grands sur la droite et sur la gauche – tous deux toutefois sur les terres de mes voisins. Ces braves gens étaient absolument ignorants de ce que leurs terrains contenaient et qui avait presque autant de valeur qu'une mine d'or. Naturellement, il était de mon intérêt d'acheter leurs terrains avant qu'ils ne découvrent leur vraie valeur; mais, par malchance, je n'avais pas de capital pour le faire. Cependant, je mis quelques-uns de mes amis dans le secret et ils suggérèrent que nous extrayions tranquillement et en secret notre propre petit dépôt, et ainsi nous pourrions gagner l'argent qui nous permettrait d'acheter les terres avoisinantes. C'est ce que nous avons fait maintenant depuis quelque temps et, pour nous aider dans cette opération, nous avons construit une presse hydraulique. Cette presse, comme je l'ai déjà expliqué, est tombée en panne et nous désirons votre avis à ce sujet. Nous gardons très jalousement notre secret, cependant, et si l'on savait que nous avons eu un ingénieur hydraulique qui est venu dans notre petite maison, cela donnerait aussitôt lieu à une enquête, et alors, si ces faits étaient connus, il faudrait dire adieu aux chances d'avoir ces champs et de mener à bien nos projets. C'est pourquoi je vous ai fait promettre que vous ne diriez à âme qui vive que vous allez à Eyford ce soir. J'espère que j'ai rendu tout cela clair?

‘ “I quite follow you,” said I. “The only point which I could not quite understand, was what use you could make of a hydraulic press in excavating fuller’s earth, which, as I understand, is dug out like gravel from a pit.”

‘ “Ah!” said he carelessly, “we have our own process. We compress the earth into bricks, so as to remove them without revealing what they are. But that is a mere detail. I have taken you fully into my confidence now, Mr Hatherley, and I have shown you how I trust you.” He rose as he spoke. “I shall expect you, then, at Eyford, at 11.15.”

‘ “I shall certainly be there.”

‘ “And not a word to a soul.” He looked at me with a last long, questioning gaze, and then, pressing my hand in a cold, dank grasp, he hurried from the room.

‘Well, when I came to think it all over in cool blood I was very much astonished, as you may both think, at this sudden commission which had been entrusted to me. On the one hand, of course, I was glad, for the fee was at least tenfold what I should have asked had I set a price upon my own services, and it was possible that this order might lead to other ones. On the other hand, the face and manner of my patron had made an unpleasant impression upon me, and I could not think that his explanation of the fuller’s earth was sufficient to explain the necessity for my coming at midnight, and his extreme anxiety lest I should tell anyone of my errand. However, I threw all my fears to the winds,

«– Je vous suis tout à fait, dis-je. Le seul point que je n'ai pas compris est quelle utilisation vous pouvez faire d'une presse hydraulique pour extraire de la terre à foulon qui, si je comprends, est extraite comme le gravier d'une carrière.

«Ah, dit-il nonchalamment, nous avons notre propre procédé. Nous compressons la terre en briques pour la déplacer sans révéler ce que c'est. Mais c'est un simple détail. Je vous ai mis complètement dans la confidence maintenant, Mr. Hatherley, et je vous ai montré combien je vous fais confiance." Il se leva pendant qu'il parlait. "Je vous attendrai, alors, à Eyford, à 11 h 15.

«– J'y serai à coup sûr.

«– Et pas un mot à âme qui vive." Il me jeta un dernier long regard inquisiteur puis, me serrant la main d'une étreinte froide et humide, il sortit rapidement de la pièce.

«Eh bien, quand je vins à penser à tout cela de sang-froid, je fus très étonné, comme vous pouvez tous deux le penser, de cette soudaine affaire que l'on m'avait confiée. D'un côté, bien sûr, j'étais content car les honoraires étaient en fait dix fois supérieurs à ce que j'aurais demandé si j'avais fixé un prix à mes propres services, et il était possible que cette commande puisse en apporter d'autres. D'un autre côté, le visage et les manières de mon employeur m'avaient fait une impression déplaisante, et je ne pouvais pas croire que son explication de terre à foulon suffise à expliquer la nécessité de ma venue à minuit et son extrême anxiété que je parle à quelqu'un de mon voyage. Cependant, je jetai toutes mes craintes au vent,

ate a hearty supper, drove to Paddington, and started off, having obeyed to the letter the injunction as to holding my tongue.

'At Reading I had to change not only my carriage but my station. However, I was in time for the last train to Eyford, and I reached the little dim-lit station after eleven o'clock. I was the only passenger who got out there, and there was no one upon the platform save a single sleepy porter with a lantern. As I passed out through the wicket-gate, however, I found my acquaintance of the morning waiting in the shadow upon the other side. Without a word he grasped my arm and hurried me into a carriage, the door of which was standing open. He drew up the windows on either side, tapped on the woodwork, and away we went as hard as the horse could go.'

'One horse?' interjected Holmes.

'Yes, only one.'

'Did you observe the colour?'

'Yes, I saw it by the sidelights when I was stepping into the carriage. It was a chestnut.'

'Tired-looking or fresh?'

'Oh, fresh and glossy.'

'Thank you. I am sorry to have interrupted you. Pray continue your most interesting statement.'

'Away we went then, and we drove for at least an hour. Colonel Lysander Stark had said that it was only seven miles, but I should think, from the rate that we seemed to go, and the time we took,

avalai un copieux souper, allai à Paddington et partis en ayant obéi à la lettre à l'injonction de tenir ma langue.

« À Reading, je devais changer non seulement de train, mais aussi de gare. Malgré tout, je fus à l'heure pour le dernier train pour Eyford et j'atteignis la petite gare faiblement éclairée après onze heures. J'étais le seul passager qui descendait là et il n'y avait personne sur le quai, sauf un porteur endormi avec une lanterne. Cependant, comme je passai le portillon, je trouvai ma rencontre du matin qui attendait dans l'ombre de l'autre côté. Sans un mot, il attrapa mon bras et me fit monter rapidement dans une voiture dont la porte était restée ouverte. Il remonta les fenêtres de chaque côté, tapota la boiserie et nous partîmes aussi vite que le cheval pouvait aller.

– Un cheval ? l'interrompit Holmes.

– Oui, seulement un.

– Avez-vous observé sa couleur ?

– Oui, je l'ai vue grâce aux feux de côté quand je montai dans l'attelage. C'était un alezan.

– L'air fatigué ou frais ?

– Oh, frais et lustré.

– Merci. Je suis désolé de vous avoir interrompu. Je vous en prie, continuez votre très intéressant exposé.

– Nous partîmes donc, et nous roulâmes pendant au moins une heure. Le colonel Lysander Stark avait dit que ce n'était qu'à sept miles, mais je penserais plutôt, à la vitesse où nous paraissions aller et au temps que nous avons mis,

that it must have been nearer twelve. He sat at my side in silence all the time, and I was aware, more than once when I glanced in his direction, that he was looking at me with great intensity. The country roads seemed to be not very good in that part of the world, for we lurched and jolted terribly. I tried to look out of the windows to see something of where we were, but they were made of frosted glass, and I could make out nothing save an occasional blur of a passing light. Now and then I hazarded some remark to break the monotony of the journey, but the Colonel answered only in monosyllables, and the conversation soon flagged. At last, however, the bumping of the road was exchanged for the crisp smoothness of a gravel drive and the carriage came to a stand. Colonel Lysander Stark sprang out, and, as I followed after him, pulled me swiftly into a porch which gaped in front of us. We stepped, as it were, right out of the carriage and into the hall, so that I failed to catch the most fleeting glance of the front of the house. The instant that I had crossed the threshold the door slammed heavily behind us, and I heard faintly the rattle of the wheels as the carriage drove away.

'It was pitch dark inside the house, and the Colonel fumbled about looking for matches, and

que ce doit avoir été plus proche de douze miles[1]. Il s'assis à côté de moi, tout le temps en silence, et je m'aperçus, quand, plus d'une fois, je regardai dans sa direction, qu'il me dévisageait avec une grande intensité. Les routes de campagne ne semblent pas très bonnes dans cette partie du monde, car nous faisions des embardées et nous étions terriblement secoués. J'essayai de regarder par les fenêtres pour voir quelque chose de l'endroit où nous étions, mais c'étaient des vitres dépolies et je ne pouvais rien distinguer sauf la tache occasionnelle d'une lumière passagère. De temps à autre, je hasardais une remarque pour briser la monotonie du trajet, mais le colonel ne répondait que par monosyllabes et la conversation faiblit bientôt. Cependant, enfin, on échangea les cahots de la route contre la régularité crissante d'un chemin de gravier et l'attelage finit par s'arrêter. Le colonel Lysander Stark sauta dehors et, comme je l'avais suivi, me tira rapidement sous un porche qui s'ouvrit devant nous. Nous nous dirigeâmes, directement hors de l'attelage dans l'entrée, si bien que je ne parvins pas à jeter le moindre regard rapide au devant de la maison. À l'instant où j'eus franchi le seuil, la porte claqua lourdement derrière nous, et j'entendis faiblement le raclement des roues tandis que la voiture repartait.

« Il faisait noir comme poix dans la maison ; le colonel tâtonna à la recherche d'allumettes et

1. *Twelve miles* : presque 20 km.

muttering under his breath. Suddenly a door opened at the other end of the passage, and a long, golden bar of light shot out in our direction. It grew broader, and a woman appeared with a lamp in her hand, which she held above her head, pushing her face forward and peering at us. I could see that she was pretty, and from the gloss with which the light shone upon her dark dress I knew that it was a rich material. She spoke a few words in a foreign tongue in a tone as though asking a question, and when my companion answered in a gruff monosyllable she gave such a start that the lamp nearly fell from her hand. Colonel Stark went up to her, whispered something in her ear, and then, pushing her back into the room from whence she had come, he walked towards me again with the lamp in his hand.

' "Perhaps you will have the kindness to wait in this room for a few minutes," said he, throwing open another door. It was a quiet little plainly furnished room, with a round table in the centre, on which several German books were scattered. Colonel Stark laid down the lamp on the top of a harmonium beside the door. "I shall not keep you waiting an instant," said he, and vanished into the darkness.

'I glanced at the books upon the table, and in spite of my ignorance of German, I could see that two of them were treatises on science, the others being volumes of poetry. Then I walked across to the window, hoping that I might catch some glimpse of the countryside, but an oak shutter, heavily barred, was folded across it. It was a wonderfully silent house.

marmonna à voix basse. Soudain une porte s'ouvrit à l'autre bout du couloir, et un long rai doré de lumière jaillit dans notre direction. Il devint plus large et une femme apparut, avec dans la main une lampe qu'elle tenait au-dessus de sa tête, le visage en avant et nous scrutant. Je pus voir qu'elle était jolie et grâce à la lueur de la lumière qui brillait sur sa robe sombre, je sus qu'elle était d'une riche étoffe. Elle dit quelques mots dans une langue étrangère sur un ton interrogateur, et quand mon compagnon répondit d'une monosyllabe bourrue, elle eut un tel sursaut que la lampe tomba presque de sa main. Le colonel Stark alla vers elle, lui murmura quelque chose à l'oreille, puis, la repoussant dans la pièce d'où elle était sortie, il marcha vers moi avec la lampe dans la main.

« "Peut-être aurez-vous l'amabilité d'attendre dans cette pièce pendant quelques minutes", dit-il en ouvrant brutalement une autre porte. C'était une petite pièce calme, simplement meublée, avec une table ronde au centre, sur laquelle plusieurs livres allemands étaient éparpillés. Le colonel Stark posa la lampe sur le dessus d'un harmonium près de la porte. "Je ne vous ferai attendre qu'un instant", dit-il et il s'évanouit dans l'obscurité.

« Je regardai les livres sur la table et, malgré mon ignorance de l'allemand, je pus voir que deux d'entre eux étaient des traités de science, les autres étant des volumes de poésie. Puis je me dirigeai vers la fenêtre en espérant que je pourrais apercevoir le paysage campagnard, mais un volet en chêne, lourdement barré, était placé au milieu. C'était une maison incroyablement silencieuse.

There was an old clock ticking loudly somewhere in the passage, but otherwise everything was deadly still. A vague feeling of uneasiness began to steal over me. Who were these German people, and what were they doing, living in this strange, out-of-the-way place? And where was the place? I was ten miles or so from Eyford, that was all I knew, but whether north, south, east, or west, I had no idea. For that matter, Reading, and possibly other large towns, were within that radius, so the place might not be so secluded after all. Yet it was quite certain from the absolute stillness that we were in the country. I paced up and down the room humming a tune under my breath to keep up my spirits, and feeling that I was thoroughly earning my fifty-guinea fee.

'Suddenly, without any preliminary sound in the midst of the utter stillness, the door of my room swung slowly open. The woman was standing in the aperture, the darkness of the hall behind her, the yellow light from my lamp beating upon her eager and beautiful face. I could see at a glance that she was sick with fear, and the sight sent a chill to my own heart. She held up one shaking finger to warn me to be silent, and she shot a few whispered words of broken English at me, her eyes glancing back, like those of a frightened horse, into the gloom behind her.

' "I would go," said she, trying hard, as it seemed to me, to speak calmly; "I would go. I should not stay here. There is no good for you to do.'

Il y avait une vieille horloge qui faisait bruyamment tic-tac quelque part dans le couloir, mais sinon tout était mortellement calme. Un vague sentiment de malaise commença à s'emparer de moi. Qui étaient ces Allemands et que faisaient-ils à vivre dans cet endroit étrange et reculé ? Et où était cet endroit ? J'étais à dix miles environ d'Eyford, c'était tout ce que je savais, mais était-ce au nord, au sud, à l'est ou à l'ouest, je n'en avais aucune idée. En fait, Reading, et probablement d'autres grandes villes, étaient à peu près dans ce rayon, aussi l'endroit n'était peut-être pas si retiré après tout. Pourtant il était presque certain, à cause du calme absolu, que nous étions dans la campagne. J'arpentais la pièce de long en large en fredonnant un air à voix basse pour conserver mes esprits et je sentais que je gagnais tout à fait mes cinquante guinées d'honoraires.

« Soudain, sans aucun signe préalable au milieu du silence total, la porte de la pièce pivota lentement. La femme se tenait dans l'ouverture, l'obscurité de l'entrée derrière elle, la lumière jaune de ma lampe frappant son visage ardent et ravissant. Je pus voir d'un regard qu'elle était malade de peur et cette vue m'envoya un frisson au cœur. Elle leva un doigt tremblant pour m'avertir de rester silencieux et lança quelques mots chuchotés dans un anglais hésitant, ses yeux regardant, comme ceux d'un cheval effrayé, dans la lueur derrière elle.

« "Si j'étais vous, je partirais, dit-elle en essayant vraiment, à ce qu'il me sembla, de parler calmement ; je partirais, je ne devrais pas rester ici. Il n'y a rien de bon pour vous à faire.

‘ “But, madam,” said I, “I have not yet done what I came for. I cannot possibly leave until I have seen the machine.”

‘ “It is not worth your while to wait,” she went on. “You can pass through the door; no one hinders.” And then, seeing that I smiled and shook my head, she suddenly threw aside her constraint, and made a step forward, with her hands wrung together. “For the love of Heaven!” she whispered, “get away from here before it is too late!”

‘But I am somewhat headstrong by nature, and the more ready to engage in an affair when there is some obstacle in the way. I thought of my fifty-guinea fee, of my wearisome journey, and of the unpleasant night which seemed to be before me. Was it all to go for nothing? Why should I slink away without having carried out my commission, and without the payment which was my due? This woman might, for all I knew, be a monomaniac. With a stout bearing, therefore, though her manner had shaken me more than I cared to confess, I still shook my head, and declared my intention of remaining where I was. She was about to renew her entreaties when a door slammed overhead, and the sound of several footsteps was heard upon the stairs. She listened for an instant, threw up her hands with a despairing gesture, and vanished as suddenly and noiselessly as she had come.

‘The newcomers were Colonel Lysander Stark, and a short thick man with a chinchilla beard growing out of the creases of his double chin, who was introduced to me as Mr Ferguson.

«– Mais, madame, dis-je, je n'ai pas encore fait ce pour quoi je suis venu. Il ne m'est pas possible de partir avant d'avoir vu la machine.

«– Ça ne vaut pas la peine que vous restiez, continua-t-elle. Vous pouvez passer par la porte; pas d'obstacle." Et ensuite, voyant que je souriais et secouais la tête, elle laissa de côté son embarras et fit un pas vers moi, les mains jointes. "Pour l'amour de Dieu! chuchota-t-elle, partez d'ici avant qu'il ne soit trop tard!"

«Mais je suis quelque peu entêté de nature et toujours prêt à m'engager dans une affaire quand il y a des obstacles sur le chemin. Je pensai à mes honoraires de cinquante guinées, à ma journée fatigante et à la nuit déplaisante qui semblait être devant moi. Tout cela pour rien? Pourquoi devrais-je m'enfuir sans avoir rempli ma tâche, et sans le paiement qui m'était dû? La femme pouvait, pour ce que je savais, être atteinte de monomanie. Donc, avec une attitude ferme, bien que ses façons m'aient ébranlé plus que je ne voulais l'avouer, je continuais à secouer la tête et je déclarai mon intention de rester où j'étais. Elle était sur le point de renouveler ses prières quand une porte claqua à l'étage supérieur, et le bruit de plusieurs pas se fit entendre en haut de l'escalier. Elle écouta pendant un instant, leva les mains en un geste de désespoir et disparut aussi soudainement et silencieusement qu'elle était venue.

«Les nouveaux venus étaient le colonel Lysander Stark et un gros petit homme avec une barbe de chinchilla qui poussait entre les plis de son double menton, qui me fut présenté comme Mr. Ferguson.

' "This is my secretary and manager," said the Colonel. "By the way, I was under the impression that I left this door shut just now. I fear that you have felt the draught."

' "On the contrary," said I, "I opened the door myself, because I felt the room to be a little close."

'He shot one of his suspicious glances at me. "Perhaps we had better proceed to business, then," said he. "Mr Ferguson and I will take you up to see the machine."

' "I had better put my hat on, I suppose."

' "Oh no, it is in the house."

' "What, do you dig fuller's earth in the house?"

' "No, no. This is only where we compress it. But never mind that! All we wish you to do is to examine the machine and to let us know what is wrong with it."

'We went upstairs together, the Colonel first with the lamp, the fat manager and I behind him. It was a labyrinth of an old house, with corridors, passages, narrow winding staircases, and little low doors, the thresholds of which were hollowed out by the generations who had crossed them. There were no carpets, and no signs of any furniture above the ground floor, while the plaster was peeling off the walls, and the damp was breaking through in green, unhealthy blotches. I tried to put on as unconcerned an air as possible, but I had not forgotten the warnings of the lady, even though I disregarded them, and I kept a keen eye upon my two companions.

« "Voici mon secrétaire et régisseur, dit le colonel. Soit dit en passant, j'avais l'impression d'avoir laissé cette porte fermée. Je crains que vous n'ayez senti des courants d'air.

« – Au contraire, dis-je, j'ai ouvert moi-même la porte parce que je me sentais un peu enfermé."

« Il me lança un de ses regards soupçonneux. "Peut-être ferions-nous mieux de commencer le travail, maintenant, dit-il. Mr. Ferguson et moi allons vous emmener en haut voir la machine.

« – Je ferais mieux de mettre mon chapeau, je suppose.

« – Oh non, c'est dans la maison.

« – Quoi, vous extrayez la terre à foulon dans la maison ?

« – Non, non. C'est seulement ici que nous la compressons. Mais peu importe ! Tout ce que nous souhaitons c'est que vous examiniez la machine et que vous nous disiez ce qui ne va pas."

« Nous montâmes ensemble, le colonel en premier avec la lampe, le gros régisseur et moi derrière lui. C'était une vieille maison en labyrinthe, avec des corridors, des couloirs, des escaliers étroits et sinueux, de petites portes basses dont le seuil était usé par les générations qui l'avaient franchi. Il n'y avait pas de tapis ni marque d'aucun meuble au-dessus du rez-de-chaussée, alors que le plâtre s'écaillait sur les murs et que l'humidité transparaissait en taches vertes et malsaines. J'essayais d'arborer un air aussi détaché que possible, mais je n'avais pas oublié les mises en garde de la dame, même si je les négligeais, et je gardais un œil vigilant sur mes deux compagnons.

Ferguson appeared to be a morose and silent man, but I could see from the little that he said that he was at least a fellow-countryman.

'Colonel Lysander Stark stopped at last before a low door, which he unlocked. Within was a small square room, in which the three of us could hardly get at one time. Ferguson remained outside, and the Colonel ushered me in.

' "We are now," said he, "actually within the hydraulic press, and it would be a particularly unpleasant thing for us if anyone were to turn it on. The ceiling of this small chamber is really the end of the descending piston, and it comes down with the force of many tons upon this metal floor. There are small lateral columns of water outside which receive the force, and which transmit and multiply it in the manner which is familiar to you. The machine goes readily enough, but there is some stiffness in the working of it and it has lost a little of its force. Perhaps you will have the goodness to look it over, and to show us how we can set it right."

'I took the lamp from him, and I examined the machine very thoroughly. It was indeed a gigantic one, and capable of exercising enormous pressure. When I passed outside, however, and pressed down the levers which controlled it, I knew at once by the whishing sound that there was a slight leakage, which allowed a regurgitation of water through one of the side-cylinders. An examination showed that one of the india-rubber bands which was round the head of a driving-rod had shrunk so as not quite to fill the socket along which it worked.

Ferguson semblait être un homme morose et silencieux, mais je pouvais voir du peu qu'il avait dit qu'il était au moins un compatriote.

« Le colonel Lysander Stark s'arrêta enfin devant une porte basse qu'il déverrouilla. À l'intérieur, c'était une petite pièce carrée dans laquelle nous pouvions difficilement entrer tous les trois à la fois. Ferguson resta dehors et le colonel me fit entrer.

« "Nous sommes, dit-il, en ce moment même à l'intérieur de la presse hydraulique et ce serait une chose particulièrement déplaisante pour nous si quelqu'un la mettait en route. Le plafond de la petite pièce est en réalité l'extrémité du piston qui descend, et il descend avec la force de plusieurs tonnes sur ce sol de métal. Il y a de petites colonnes d'eau dehors qui reçoivent la force et qui la transmettent et la multiplient d'une manière qui vous est familière. La machine marche assez bien, mais il y a une raideur dans son fonctionnement et elle a perdu un peu de puissance. Peut-être aurez-vous la bonté de l'examiner et de nous montrer comment nous pouvons la réparer."

« Je lui pris la lampe et j'examinai très complètement la machine. Elle était réellement gigantesque et capable d'exercer une énorme pression. Cependant quand je sortis et poussai les leviers qui la contrôlaient, je sus tout de suite grâce aux sifflements qu'il y avait une petite fuite qui autorisait une régurgitation de l'eau à travers un des cylindres latéraux. Un examen montra qu'une des bandes en caoutchouc qui entourait la tête d'une bielle avait rétréci et, du coup, ne s'ajustait plus tout à fait à la cavité dans laquelle elle fonctionnait.

This was clearly the cause of the loss of power, and I pointed it out to my companions, who followed my remarks very carefully, and asked several practical questions as to how they should proceed to set it right. When I had made it clear to them, I returned to the main chamber of the machine, and took a good look at it to satisfy my own curiosity. It was obvious at a glance that the story of the fuller's earth was the merest fabrication, for it would be absurd to suppose that so powerful an engine could be designed for so inadequate a purpose. The walls were of wood, but the floor consisted of a large iron trough, and when I came to examine it I could see a crust of metallic deposit all over it. I had stooped and was scraping at this to see exactly what it was, when I heard a muttered exclamation in German, and saw the cadaverous face of the Colonel looking down at me.

' "What are you doing there?" he asked.

'I felt angry at having been tricked by so elaborate a story as that which he had told me. "I was admiring your fuller's earth," said I; "I think that I should be better able to advise you as to your machine if I knew what the exact purpose was for which it was used."

'The instant that I uttered the words I regretted the rashness of my speech. His face set hard, and a baleful light sprang up in his grey eyes.

' "Very well," said he, "you shall know all about the machine." He took a step backward, slammed the little door, and turned the key in the lock. I rushed towards it and pulled at the handle, but it

C'était clairement la cause de la perte de puissance; je la montrai à mes compagnons qui suivirent très attentivement mes observations et posèrent plusieurs questions pratiques quant à la manière dont ils devraient la réparer. Quand j'eus éclairci cela pour eux, je retournai dans la chambre principale de la machine et y jetai un long regard pour satisfaire ma curiosité. Il était évident au premier coup d'œil que l'histoire de la terre à foulon était une pure invention, car il était absurde de supposer qu'un engin si puissant soit destiné à un but si inadéquat. Les murs étaient en bois, mais le sol consistait en une large cuve en acier, et quand je vins l'examiner, je pus voir une croûte de dépôt métallique tout autour. Je m'étais penché et je le grattais pour voir exactement ce que c'était quand j'entendis une exclamation murmurée en allemand et je vis le visage cadavérique du colonel qui me regardait.

« "Que faites-vous ici?" demanda-t-il.

«Je me sentis furieux d'avoir été abusé par une histoire aussi élaborée que celle qu'il m'avait racontée. "J'admirais votre terre à foulon, dis-je; je pense que je serais plus à même de vous conseiller pour votre machine si je savais le but exact de son utilisation."

«À l'instant où je proférais ces mots, je regrettai la témérité de mes paroles. Son visage devint dur et une lueur funeste apparut dans ses yeux gris.

« "Très bien, dit-il, vous allez tout savoir sur la machine." Il recula d'un pas, claqua la petite porte et tourna la clef dans la serrure. Je me précipitai contre elle et la tirai par la poignée, mais elle

was quite secure, and did not give in the least to my kicks and shoves. "Hallo!" I yelled. "Hallo! Colonel! Let me out!"

'And then suddenly in the silence I heard a sound which sent my heart into my mouth. It was the clank of the levers, and the swish of the leaking cylinder. He had set the engine at work. The lamp still stood upon the floor where I had placed it when examining the trough. By its light I saw that the black ceiling was coming down upon me, slowly, jerkily, but, as none knew better than myself, with a force which must within a minute grind me to a shapeless pulp. I threw myself, screaming, against the door, and dragged with my nails at the lock. I implored the Colonel to let me out, but the remorseless clanking of the levers drowned my cries. The ceiling was only a foot or two above my head, and with my hand upraised I could feel its hard rough surface. Then it flashed through my mind that the pain of my death would depend very much upon the position in which I met it. If I lay on my face the weight would come upon spine, and I shuddered to think of that dreadful snap. Easier the other way, perhaps, and yet had I the nerve to lie and look up at that deadly black shadow wavering down upon me? Already I was unable to stand erect, when my eye caught something which brought a gush of hope back to my heart.

était parfaitement fermée et ne cédait pas du tout sous mes coups de pied et mes poussées. “Holà! hurlai-je, Holà! Colonel! Laissez-moi sortir!”

« Et soudain, dans le silence, j'entendis un bruit qui me mit le cœur au bord des lèvres. C'était le bruit métallique des leviers et le sifflement du cylindre qui fuyait. Il avait mis l'engin en route. La lampe était toujours posée par terre où je l'avais mise quand j'avais examiné la cuve. Grâce à ses lueurs, je vis que le plafond noir descendait vers moi, doucement, par saccades, mais, personne ne le savait mieux que moi, avec une puissance qui dans une minute me broierait en une pulpe informe. Je me jetai en hurlant contre la porte et tirai sur la serrure avec mes ongles. J'implorai le colonel de me laisser sortir, mais l'impitoyable bruit des leviers étouffait mes cris. Le plafond n'était plus qu'à un pied ou deux[1] de ma tête et, de ma main levée, je pouvais sentir sa surface dure et rugueuse. Alors il me vint à l'esprit que la souffrance de ma mort dépendrait beaucoup de la position dans laquelle je la rencontrerais. Si je m'allongeais face contre terre, le poids viendrait sur la colonne vertébrale, et je frémis à la pensée de cette épouvantable rupture. Ce serait, peut-être, plus facile dans l'autre sens, et pourtant avais-je le cran de m'allonger et de regarder cette ombre noire, mortelle, descendre sur moi? J'étais déjà incapable de me tenir debout quand mon œil entrevit quelque chose qui apporta un flot d'espoir à mon cœur.

1. *A foot or two* : entre 30 et 60 cm.

'I have said that though floor and ceiling were of iron, the walls were of wood. As I gave a last hurried glance around, I saw a thin line of yellow light between two of the boards, which broadened and broadened as a small panel was pushed backwards. For an instant I could hardly believe that here was indeed a door which led away from death. The next I threw myself through, and lay half fainting upon the other side. The panel had closed again behind me, but the crash of the lamp, and a few moments afterwards the clang of the two slabs of metal, told me how narrow had been my escape.

'I was recalled to myself by a frantic plucking at my wrist, and I found myself lying upon the stone floor of a narrow corridor, while a woman bent over me and tugged at me with her left hand, while she held a candle in her right. It was the same good friend whose warning I had so foolishly rejected.

' "Come! Come!" she cried breathlessly. "They will be here in a moment. They will see that you are not there. Oh, do not waste the so precious time, but come!"

'This time, at least, I did not scorn her advice. I staggered to my feet, and ran with her along the corridor and down a winding stair. The latter led to another broad passage, and, just as we reached it, we heard the sound of running feet and the shouting of two voices – one answering the other – from the floor on which we were, and from the one beneath. My guide stopped,

«J'ai dit que, bien que le sol et le plafond aient été en acier, les murs étaient en bois. Alors que je jetais un dernier coup d'œil rapide alentour, je vis entre deux des planches un fin rayon de lumière jaune qui s'élargissait et s'élargissait, tandis qu'un petit panneau était poussé en arrière. Pendant un instant, je pus à peine croire que là était une porte qui menait loin de la mort. L'instant suivant je me jetai dedans et m'allongeai à moitié évanoui de l'autre côté. Le panneau s'était refermé derrière moi, mais l'écrasement de la lampe et, quelques moments après, le bruit des deux plaques de métal, me dirent à quel point ma fuite avait été juste.

«Je fus ramené à moi par une traction frénétique sur mon poignet et je me retrouvai allongé sur le sol dallé d'un étroit corridor ; une femme penchée sur moi me tirait de sa main gauche, tandis qu'elle tenait une bougie dans sa main droite. C'était la même bonne amie dont j'avais si sottement rejeté les avertissements.

« "Venez ! Venez ! cria-t-elle à bout de souffle. Ils seront ici dans un moment. Ils verront que vous n'êtes plus là. Oh, ne perdez pas un temps si précieux, mais venez !"

«Cette fois, enfin, je ne dédaignai pas son conseil. Je chancelai sur mes pieds et courus avec elle le long du corridor et dans un escalier en colimaçon. Ce dernier menait à un autre large couloir et, juste comme nous l'atteignions, nous entendîmes des bruits de pas rapides et le cri de deux voix – l'une répondant à l'autre – de l'étage auquel nous étions et de celui au-dessous. Ma guide s'arrêta

and looked about her like one who is at her wits' end. Then she threw open a door which led into a bedroom, through the window of which the moon was shining brightly.

' "It is your only chance," said she. "It is high, but it may be that you can jump it."

'As she spoke a light sprang into view at the further end of the passage, and I saw the lean figure of Colonel Lysander Stark rushing forward with a lantern in one hand, and a weapon like a butcher's cleaver in the other. I rushed across the bedroom, flung open the window, and looked out. How quiet and sweet and wholesome the garden looked in the moonlight, and it could not be more than thirty feet down. I clambered out upon the sill, but hesitated to jump, until I should have heard what passed between my saviour and the ruffian who pursued me. If she were ill-used, then at risk I was determined to go back to her assistance. The thought had hardly flashed through my mind before he was at the door, pushing his way past her; but she threw her arms round him, and tried to hold him back.

' "Fritz! Fritz!" she cried in English, "remember your promise after the last time. You said it should not be again. He will be silent! Oh, he will be silent!"

' "You are mad, Elise!" he shouted, struggling to break away from her. "You will be the ruin of us. He has seen too much. Let me pass, I say!" He dashed her to one side, and, rushing to the window, cut at me with his heavy weapon. I had

et regarda autour d'elle comme quelqu'un qui est à court d'idée. Puis elle ouvrit une porte qui donnait dans une chambre, à travers la fenêtre de laquelle la lune brillait avec éclat.

« "C'est votre seule chance, dit-elle. C'est haut, mais vous pouvez peut-être le sauter."

« Pendant qu'elle parlait, une lumière apparut à la plus lointaine extrémité du couloir, et je vis la silhouette décharnée du colonel Lysander Stark se précipiter avec une lanterne dans une main et une arme comme un hachoir de boucher dans l'autre. Je traversai rapidement la chambre, ouvris la fenêtre et regardai dehors. Comme le jardin semblait calme, joli et sécurisant sous les rayons de lune, et il n'était guère à plus de trente pieds[1] en dessous. Je grimpai sur l'appui de la fenêtre, mais j'hésitais à sauter jusqu'à ce que j'entende ce qui se passait entre celle qui m'avait sauvé et le barbare qui me poursuivait. Si elle était maltraitée, alors, malgré le risque, j'étais déterminé à retourner l'aider. L'idée m'était à peine venue à l'esprit qu'il était à la porte et l'écartait de son chemin ; mais elle jeta ses bras autour de lui et tenta de le retenir.

« "Fritz ! Fritz ! cria-t-elle en anglais, souviens-toi de ta promesse après la dernière fois. Tu avais dit que cela n'arriverait plus. Il se taira ! Oh, il se taira !

« – Tu es folle, Élise ! hurla-t-il en se débattant pour se débarrasser d'elle. Tu seras notre ruine. Il en a trop vu. Laisse-moi passer, je te dis !" Il la repoussa sur le côté et, se précipitant vers la fenêtre, me coupa avec sa lourde arme. Je m'étais

1. *Thirty feet* : un peu plus de 9 m.

let myself go, and was hanging with my fingers in the window slot and my hands across the sill, when his blow fell. I was conscious of a dull pain, my grip loosened, and I fell into the garden below.

'I was shaken, but not hurt by the fall; so I picked myself up and rushed off among the bushes as hard as I could run, for I understood that I was far from being out of danger yet. Suddenly, however, as I ran, a deadly dizziness and sickness came over me. I glanced down at my hand, which was throbbing painfully, and then, for the first time, saw that my thumb had been cut off, and that the blood was pouring from my wound. I endeavoured to tie my handkerchief round it, but there came a sudden buzzing in my ears, and next moment I fell in a dead faint among the rose-bushes.

'How long I remained unconscious I cannot tell. It must have been a very long time, for the moon had sunk and a bright morning was breaking when I came to myself. My clothes were all sodden with dew, and my coat-sleeve was drenched with blood from my wounded thumb. The smarting of it recalled in an instant all the particulars of my night's adventure, and I sprang to my feet with the feeling that I might hardly yet be safe from my pursuers. But, to my astonishment, when I came to look round me neither house nor garden were to be seen. I had been lying in an angle of the hedge close by the highroad, and just a little lower down was a long building, which proved, upon my approaching it,

laissé descendre et me retenais avec les doigts à une rainure de la fenêtre; j'avais les mains en travers de l'appui, quand le coup tomba. Je fus conscient d'une douleur sourde, mon étreinte se relâcha et je dégringolai dans le jardin en dessous.

«J'étais choqué mais pas blessé par ma chute; alors je me relevai et me précipitai dans les broussailles aussi vite que je pouvais courir, car j'avais compris que j'étais encore loin d'être hors de danger. Cependant, tout à coup, pendant que je courais, un vertige mortel et un malaise s'emparèrent de moi. Je baissai les yeux vers ma main qui palpitait douloureusement, et là, pour la première fois, je vis que mon pouce avait été tranché et que le sang coulait de ma blessure. Je m'efforçai de nouer mon mouchoir autour, mais il y eut un soudain bourdonnement dans mes oreilles, et l'instant d'après je m'évanouissais comme mort dans les rosiers.

«Combien de temps suis-je resté inconscient, je ne peux pas le dire. Ce doit avoir duré un très long moment, car la lune s'était couchée et un matin éclatant se levait quand je revins à moi. Mes vêtements était tout trempés de rosée, et la manche de mon manteau était mouillée du sang de mon pouce blessé. La douleur cuisante me rappela en un instant toutes les particularités de mon aventure de la nuit et je bondis sur mes pieds avec le sentiment que je n'étais pas encore sauvé de mes poursuivants. Mais, à mon étonnement, quand je regardai autour de moi, ni la maison ni le jardin n'étaient en vue. J'avais été allongé dans l'angle d'une haie, près de la grand-route, et un peu plus bas, il y avait un long bâtiment qui s'avéra être, quand je m'en approchai,

to be the very station at which I had arrived upon the previous night. Were it not for the ugly wound upon my hand, all that had passed during those dreadful hours might have been an evil dream.

'Half dazed, I went into the station, and asked about the morning train. There would be one to Reading in less than an hour. The same porter was on duty, I found, as had been there when I arrived. I inquired from him whether he had ever heard of Colonel Lysander Stark. The name was strange to him. Had he observed a carriage the night before waiting for me? No, he had not. Was there a police station anywhere near? There was one about three miles off.

'It was too far for me to go, weak and ill as I was. I determined to wait until I got back to town before telling my story to the police. It was a little past six when I arrived, so I went first to have my wound dressed, and then the doctor was kind enough to bring me along here. I put the case into your hands, and shall do exactly what you advise.'

We both sat in silence for some little time after listening to this extraordinary narrative. Then Sherlock Holmes pulled down from the shelf one of the ponderous commonplace books in which he placed his cuttings.

'Here is an advertisement which will interest you,' said he. 'It appeared in all the papers about a year ago.

la même gare que celle où j'étais arrivé la nuit précédente. S'il n'y avait pas eu l'horrible plaie à ma main, tout ce qui s'était passé pendant ces terribles heures aurait pu n'être qu'un mauvais rêve.

« À moitié hébété, j'entrai dans la gare et m'informai du train du matin. Il devait y en avoir un pour Reading dans moins d'une heure. Le même porteur était en fonction, je m'en rendis compte, que lors de mon arrivée. Je m'enquis auprès de lui s'il avait jamais entendu parler du colonel Lysander Stark. Le nom lui était étranger. Avait-il remarqué, la nuit précédente, la voiture qui m'attendait ? Non, il ne l'avait pas remarquée. Y avait-il un poste de police quelque part près de là ? Il y en avait un à environ trois miles[1].

« C'était trop loin pour que j'y aille, faible et malade comme je l'étais. Je décidai d'attendre d'être rentré en ville pour raconter mon histoire à la police. Il était un peu plus de six heures quand j'arrivai, aussi j'allai d'abord faire soigner ma blessure, et ensuite le docteur fut assez gentil pour m'accompagner ici. Je remets l'affaire entre vos mains et je ferai exactement ce que vous déciderez. »

Nous restâmes tous les deux assis en silence pendant un petit moment après avoir écouté cet extraordinaire récit. Puis Sherlock Holmes tira d'une étagère un des recueils volumineux dans lesquels il rangeait ses coupures de presse.

« Voici une annonce qui vous intéressera, dit-il. Elle a paru dans tous les journaux il y a environ un an.

1. *Three miles* : environ 5 km.

Listen to this – "Lost on the 9th inst., Mr Jeremiah Hayling, aged 26, a hydraulic engineer. Left his lodgings at ten o'clock at night, and has not been heard of since. Was dressed in," etc. etc. Ha! That represents the last time that the Colonel needed to have his machine overhauled, I fancy.'

'Good heavens!' cried my patient. 'Then that explains what the girl said.'

'Undoubtedly. It is quite clear that the Colonel was a cool and desperate man, who was absolutely determined that nothing should stand in the way of his little game, like those out-and-out pirates who will leave no survivor from a captured ship. Well, every moment now is precious, so, if you feel equal to it, we shall go down to Scotland Yard at once as a preliminary to starting for Eyford.'

Some three hours or so afterwards we were all in the train together, bound from Reading to the little Berkshire village. There were Sherlock Holmes, the hydraulic engineer, Inspector Bradstreet of Scotland Yard, a plain-clothes man, and myself. Bradstreet had spread an ordnance map of the county out upon the seat, and was busy with his compasses drawing a circle with Eyford for its centre.

'There you are,' said he. 'That circle is drawn at a radius of ten miles from the village. The place we want must be somewhere near that line. You said ten miles, I think, sir?'

Écoutez ça : Disparu le 9 courant[1], Mr. Jeremiah Hayling, âgé de vingt-six ans, ingénieur hydraulique. A quitté son appartement à dix heures du soir, et n'a pas donné de nouvelles depuis. Était vêtu de…", etc, etc. Ha ! Cela représente la dernière fois que le colonel a eu besoin de faire examiner sa machine, j'imagine.

– Bon Dieu ! cria mon patient. Cela explique ce qu'a dit la fille.

– Sans aucun doute. Il est tout à fait évident que le colonel était un homme froid et désespéré, qui était absolument déterminé à ce que rien ne se mette en travers de son petit jeu, comme ces fieffés pirates qui ne laissaient aucun survivant d'un navire capturé. Eh bien, chaque moment est précieux, aussi, si vous vous en sentez capable, nous devrions aller à Scotland Yard d'abord, avant de partir pour Eyford. »

Quelque trois heures plus tard ou presque, nous étions tous ensemble dans le train qui reliait Reading au petit village du Berkshire. Il y avait Sherlock Holmes, l'ingénieur hydraulique, l'inspecteur Bradstreet de Scotland Yard, un agent en civil et moi-même. Bradstreet avait étalé une carte d'état-major du comté sur le siège et s'occupait avec ses compas de tracer des cercles avec Eyford pour centre.

« Nous y voilà, dit-il. Ce cercle est dessiné sur un rayon de dix miles autour du village. L'endroit que nous cherchons doit être près de ce trait. Vous avez dit dix miles, je crois, monsieur ?

1. *Inst. (instant)* : courant.

'It was an hour's good drive.'

'And you think that they brought you back all that way when you were unconscious?'

'They must have done so. I have a confused memory, too, of having been lifted and conveyed somewhere.'

'What I cannot understand,' said I, 'is why they should have spared you when they found you lying fainting in the garden. Perhaps the villain was softened by the woman's entreaties.'

'I hardly think that likely. I never saw a more inexorable face in my life.'

'Oh, we shall soon clear up all that,' said Bradstreet. 'Well, I have drawn my circle, and I only wish I knew at what point upon it the folk that we are in search of are to be found.'

'I think I could lay my finger on it,' said Holmes quietly.

'Really, now!' cried the inspector, 'you have formed your opinion! Come now, we shall see who agrees with you. I say south, for the country is more deserted there.'

'And I say east,' said my patient.

'I am for west,' remarked the plain-clothes man. 'There are several quiet little villages up there.'

'And I am for north,' said I; 'because there are no hills there, and our friend says that he did not notice the carriage go up any.'

'Come,' said the inspector, laughing; 'it's a very

– C'était à une bonne heure de voiture.

– Et vous pensez qu'ils vous ont ramené sur toute cette distance quand vous étiez inconscient ?

– Ils ont dû faire ainsi. J'ai aussi un souvenir confus d'avoir été soulevé et transporté quelque part.

– Ce que je n'arrive pas à comprendre, dis-je, c'est pourquoi ils vous ont épargné quand ils vous ont trouvé étendu évanoui, dans le jardin. Peut-être le scélérat a-t-il été attendri par les prières de la femme.

– J'ai du mal à le croire. Je n'ai jamais vu un visage plus impitoyable de ma vie.

– Oh, nous devrions bientôt éclaircir tout cela, dit Bradstreet. Eh bien, j'ai dessiné mon cercle, et j'aimerais seulement savoir à quel point dessus on peut trouver les gens que nous cherchons.

– Je pense que je pourrais poser mon doigt dessus, dit Holmes tranquillement.

– Vraiment, maintenant ! cria l'inspecteur, vous vous êtes forgé une opinion ! Allons, nous allons voir qui est d'accord avec vous. Je dis sud, car la campagne est plus déserte par là.

– Et je dis est, dit mon patient.

– Je suis pour l'ouest, remarqua l'agent en civil. Il y a plusieurs petits villages tranquilles par là.

– Et je suis pour le nord, dis-je ; parce qu'il n'y a pas de collines par là, et notre ami dit qu'il n'a pas remarqué que la carriole en montait.

– Allons, dit l'inspecteur en riant, c'est une très

pretty diversity of opinion. We have boxed the compass among us. Who do you give your casting vote to?'

'You are all wrong.'

'But we can't *all* be.'

'Oh, yes, you can. This is my point,' he placed his finger on the centre of the circle. 'This is where we shall find them.'

'But the twelve-mile drive?' gasped Hatherley.

'Six out and six back. Nothing simpler. You say yourself that the horse was fresh and glossy when you got in. How could it be that, if it had gone twelve miles over heavy roads?'

'Indeed it is a likely ruse enough,' observed Bradstreet thoughtfully. 'Of course there can be no doubt as to the nature of this gang.'

'None at all,' said Holmes. 'They are coiners on a large scale, and have used the machine to form the amalgam which has taken the place of silver.'

'We have known for some time that a clever gang was at work,' said the inspector. 'They have been turning out half-crowns by the thousand. We even traced them as far as Reading, but

1. *To box the compass* : expression nautique : réciter la rose des vents.

2. *This is my point* : on peut sans doute traduire cette phrase

belle diversité d'opinion. Nous avons dit la rose des vents [1]. À qui donnez-vous votre vote prépondérant ?

– Vous avez tous tort.

– Mais nous ne pouvons pas avoir *tous* tort.

– Oh si, vous le pouvez. Voilà mon avis [2]. » Il plaça son doigt au centre du cercle. « C'est là que nous devrions les trouver.

– Mais le trajet de douze miles ? sursauta Hatherley.

– Six aller et six retour. Rien de plus simple. Vous avez dit vous-même que le cheval était frais et lustré quand vous êtes monté. Comment aurait-il pu l'être s'il avait parcouru douze miles sur des routes difficiles ?

– En effet, c'est une ruse assez vraisemblable, observa Bradstreet pensivement. Bien sûr il ne peut y avoir aucun doute sur la nature de cette bande.

– Absolument aucun, dit Holmes. Ce sont des faux-monnayeurs à grande échelle et ils ont utilisé la machine pour former l'amalgame qui a remplacé l'argent.

– Nous savions depuis longtemps qu'une bande habile était au travail, dit l'inspecteur. Ils ont fabriqué des demi-couronnes par milliers. Nous les avons même pistés jusqu'à Reading, mais

de deux manières : « Voilà mon avis » ou « Voilà mon point », puisque Holmes désigne de son doigt un point au centre du cercle tracé par un compas.

could get no further; for they had covered their traces in a way that showed that they were very old hands. But now, thanks to this lucky chance, I think that we have got them right enough.

But the inspector was mistaken, for those criminals were not destined to fall into the hands of justice. As we rolled into Eyford station we saw a gigantic column of smoke which streamed up from behind a small clump of trees in the neighbourhood, and hung like an immense ostrich feather over the landscape.

'A house on fire?' asked Bradstreet, as the train steamed off again on its way.

'Yes, sir,' said the stationmaster.

'When did it break out?'

'I hear that it was during the night, sir, but it has got worse, and the whole place is in a blaze.'

'Whose house is it?'

'Dr Becher's.'

'Tell me,' broke in the engineer, 'is Dr Becher a German, very thin, with a long sharp nose?'

The stationmaster laughed heartily. 'No, sir, Dr Becher is an Englishman, and there isn't a man in the parish who has a better lined waistcoat. But he has a gentleman staying with him, a patient as I understand, who is a foreigner, and he looks as if a little good Berkshire beef would do him no harm.'

The stationmaster had not finished his speech before we were all hastening in the direction of the fire. The road topped a low hill, and there was

n'avons pas pu aller plus loin, car ils avaient couvert leurs traces d'une manière qui montrait qu'ils étaient des spécialistes. Mais maintenant, grâce à ce coup de chance, je pense que nous les tenons. »

Mais l'inspecteur se trompait, car ces criminels n'étaient pas destinés à tomber entre les mains de la justice. Tandis que nous roulions dans la gare d'Eyford, nous vîmes une gigantesque colonne de fumée qui s'élevait derrière un petit bosquet d'arbres dans le voisinage et se dressait comme une immense plume d'autruche sur le paysage.

« Une maison en feu ? demanda Bradstreet pendant que le train repartait en fumant.

– Oui, monsieur, dit le chef de gare.

– Quand s'est-il déclaré ?

– J'ai entendu que c'était pendant la nuit, monsieur, mais ça a empiré et tout l'endroit est en flammes.

– De qui est-ce la maison ?

– Du docteur Becher.

– Dites-moi, intervint l'ingénieur, le docteur Becher est-il un Allemand, très maigre, avec un long nez pointu ? »

Le chef de gare rit de bon cœur. « Non, monsieur, le docteur Becher est un Anglais, et il n'y a pas un homme dans la paroisse qui ait un gilet mieux garni. Mais il a un monsieur qui habite avec lui, un patient si j'ai compris, qui est étranger, et il semble qu'un peu de bon bœuf du Berkshire ne lui ferait pas de mal. »

Le chef de gare n'avait pas fini sa phrase que nous nous précipitâmes tous en direction du feu. La route couronnait une colline basse et il y avait

a great widespread whitewashed building in front of us, spouting fire at every chink and window, while in the garden in front three fire-engines were vainly striving to keep the flames under.

'That's it!' cried Hatherley, in intense excitement. 'There is the gravel drive, and there are the rose-bushes where I lay. That second window is the one that I jumped from.'

'Well, at least,' said Holmes, 'you have had your revenge upon them. There can be no question that it was your oil lamp which, when it was crushed in the press, set fire to the wooden walls, though no doubt they were too excited in the chase after you to observe it at the time. Now keep your eyes open in this crowd for your friends of last night, though I very much fear that they are a good hundred miles off by now.'

And Holmes's fears came to be realized, for from that day to this no word has ever been heard either of the beautiful woman, the sinister German, or the morose Englishman. Early that morning a peasant had met a cart, containing several people and some very bulky boxes, driving rapidly in the direction of Reading, but there all traces of the fugitives disappeared, and even Holmes's ingenuity failed to discover the least clue to their whereabouts.

The firemen had been much perturbed at the strange arrangements which they found within, and still more so by discovering a newly-severed human thumb upon a windowsill of the

un grand bâtiment blanchi à la chaux devant nous, qui laissait s'échapper le feu par chaque fissure et fenêtre, alors que devant, dans le jardin, trois pompes à incendie s'efforçaient vainement d'apaiser les flammes.

« C'est ça ! cria Hatherley avec une excitation intense. Voilà le chemin de gravier, et là les buissons de roses où j'étais étendu. Cette seconde fenêtre est celle de laquelle j'ai sauté.

– Bien, au moins, dit Holmes, vous avez votre revanche sur eux. Il n'y a aucun doute que c'est votre lampe à huile qui, quand elle a été écrasée dans la presse, a mis le feu aux murs en bois, de même qu'il n'y a aucun doute qu'ils aient été trop excités à vous donner la chasse pour le remarquer à temps. Maintenant, gardez vos yeux ouverts pour trouver dans cette foule vos amis de la nuit dernière, bien que je craigne beaucoup qu'ils ne soient à une bonne centaine de miles de nous. »

Et les craintes de Holmes devaient se réaliser, car depuis ce jour on n'a plus jamais entendu un mot sur cette ravissante femme, le sinistre Allemand, ou le morose Anglais. Tôt ce matin-là un paysan avait croisé une carriole, contenant plusieurs personnes et de très volumineuses boîtes, qui roulait rapidement en direction de Reading, mais toute trace des fugitifs avait disparu et même l'ingéniosité de Holmes échoua à découvrir le moindre indice sur leur destination.

Les pompiers furent très troublés par l'étrange agencement qu'ils trouvèrent à l'intérieur, et plus encore par la découverte d'un pouce humain récemment tranché sur l'appui d'une fenêtre au

second floor. About sunset, however, their efforts were at last successful, and they subdued the flames, but not before the roof had fallen in, and the whole place reduced to such absolute ruin that, save some twisted cylinders and iron piping, not a trace remained of the machinery which had cost our unfortunate aquaintance so dearly. Large masses of nickel and of tin were discovered stored in an outhouse, but no coins were to be found, which may have explained the presence of those bulky boxes which have been already referred to.

How our hydraulic engineer had been conveyed from the garden to the spot where he recovered his senses might have remained for ever a mystery were it not for the soft mould which told us a very plain tale. He had evidently been carried down by two persons, one of whom had remarkably small feet, and the other unusually large ones. On the whole, it was most probable that the silent Englishman, being less bold or less murderous than his companion, had assisted the woman to bear the unconscious man out of the way of danger.

'Well,' said our engineer ruefully, as we took our seats to return to London, 'it has been a pretty business for me! I have lost my thumb, and I have lost a fifty-guinea fee, and what have I gained!'

'Experience,' said Holmes, laughing. 'Indirectly it may be of value, you know; you have only to put it into words to gain the reputation of being excellent company for the remainder of your existence.'

second étage. Toutefois, au coucher du soleil, leurs efforts furent finalement couronnés de succès et ils maîtrisèrent les flammes, mais pas avant que le toit se soit effondré et que tout l'endroit soit réduit à une ruine si complète que, à part deux cylindres tordus et un tuyau en acier, il ne restait plus une trace de la machinerie qui avait coûté si cher à notre infortunée connaissance. De grands tas de nickel et d'étain furent découverts emmagasinés dans un appentis, mais aucune pièce ne devait être trouvée, ce qui expliquait la présence de ces boîtes volumineuses dont nous avons déjà parlé.

Comment notre ingénieur hydraulique avait été transporté du jardin à l'endroit où il reprit ses esprits aurait pu rester un mystère à jamais s'il n'y avait pas eu de la terre molle pour nous raconter une histoire très simple. Il avait, de toute évidence, été porté par deux personnes, une qui avait de remarquablement petits pieds, et une autre qui en avait d'inhabituellement grands. Après tout, il était très probable que l'Anglais silencieux, étant moins courageux ou moins meurtrier que son compagnon, avait aidé la femme à porter l'homme inconscient hors de danger.

« Eh bien, dit notre ingénieur avec regret, tandis que nous prenions nos places pour retourner à Londres, ça a été un sacré travail pour moi ! J'ai perdu mon pouce, j'ai perdu des honoraires de cinquante guinées, et qu'ai-je gagné !

– L'expérience, dit Holmes en riant. Indirectement cela peut avoir de la valeur, vous savez ; vous n'avez qu'à écrire pour gagner la réputation d'être une excellente compagnie pour le reste de votre existence. »

sonne clair. Toutefois, [illegible] leurs efforts [illegible] couronnés de succès et [illegible] les flammes, mais pas avant que le [illegible] et que tout l'endroit se réduise à une ruine complète [illegible] évidemment [illegible]. Il ne restait plus que [illegible] de la [illegible] qui [illegible] notre [illegible] [illegible] être [illegible] le [illegible] la présence de ces [illegible] volumineuses dont nous avons déjà parlé.

Quant à notre ingénieur [illegible] avait été transporté du jardin à [illegible] où il reprit ses sens [illegible] n'y avait pas eu de [illegible] pour [illegible] une histoire très simple. Il avait, de toute évidence, été porté par deux personnes [illegible] de [illegible] [illegible] moins grande. Après tout, il était très probable que l'Allemand [illegible] son compagnon. [illegible] la femme [illegible].

DANS LA MÊME COLLECTION

ANGLAIS

CAPOTE *One Christmas / The Thanksgiving visitor* / Un Noël / L'invité d'un jour

CAPOTE *Breakfast at Tiffany's* / Petit déjeuner chez Tiffany

CONAN DOYLE *The Man with the Twisted Lip and other adventures of Sherlock Holmes* / L'homme à la lèvre tordue et autres aventures de Sherlock Holmes

CONRAD *Gaspar Ruiz* / Gaspar Ruiz

CONRAD *Heart of Darkness* / Au cœur des ténèbres

CONRAD *The Duel / A Military Tale* / Le duel / Un récit militaire

CONRAD *Typhoon* / Typhon

CONRAD *Youth* / Jeunesse

DAHL *The Great Switcheroo / The Last Act* / La grande entourloupe / Le dernier acte

DAHL *The Princess and the Poacher / Princess Mammalia* / La Princesse et le braconnier / La Princesse Mammalia

DAHL *The Umbrella Man and other stories* / L'homme au parapluie et autres nouvelles

DICKENS *A Christmas Carol* / Un chant de Noël

FAULKNER *A Rose for Emily / That Evening Sun / Dry September* / Une rose pour Emily / Soleil couchant / Septembre ardent

FAULKNER *As I lay dying* / Tandis que j'agonise

FAULKNER *The Wishing Tree* / L'Arbre aux Souhaits

HARDY *Two Stories from Wessex Tales* / Deux contes du Wessex

HEMINGWAY *Fifty Grand and other short stories* / Cinquante mille dollars et autres nouvelles

HEMINGWAY *The Snows of Kilimanjaro and other short stories* / Les neiges du Kilimandjaro et autres nouvelles

HEMINGWAY *The Old Man and the Sea* / Le vieil homme et la mer

HIGGINS *Harold and Maude* / Harold et Maude

JAMES *Daisy Miller* / Daisy Miller

JAMES *The Birthplace* / La Maison natale

JOYCE *A Painful Case / The Dead* / Un cas douloureux / Les morts

KEROUAC *Lonesome Traveler* / Le vagabond solitaire (choix)

KIPLING *Stalky and Co.* / Stalky et Cie
KIPLING *Wee Willie Winkie* / Wee Willie Winkie
LAWRENCE *Daughters of the Vicar* / Les filles du pasteur
LAWRENCE *The Virgin and the Gipsy* / La vierge et le gitan
LONDON *The Call of the Wild* / L'appel de la forêt
LOVECRAFT *The Dunwich Horror* / L'horreur de Dunwich
MELVILLE *Benito Cereno* / Benito Cereno
MELVILLE *Bartleby the Scrivener* / Bartleby le scribe
ORWELL *Animal Farm* / La ferme des animaux
POE *Mystification and other tales* / Mystification et autres contes
POE *The Murders in the Rue Morgue and other tales* / Double assassinat dans la rue Morgue et autres histoires
RENDELL *The Strawberry Tree* / L'Arbousier
STEINBECK *The Pearl* / La perle
STEINBECK *The Red Pony*/ Le poney rouge
STEVENSON *The Rajah's Diamond* / Le diamant du rajah
STEVENSON *The strange case of Dr Jekyll and Mr Hyde* / L'étrange cas du Dr Jekyll et M. Hyde
STYRON *Darkness Visible / A Memoir of Madness* / Face aux ténèbres / Chronique d'une folie
SWIFT *A voyage to Lilliput* / Voyage à Lilliput
TWAIN *Is he living or is he dead ? And other short stories* / Est-il vivant ou est-il mort ? / Et autres nouvelles
UHLMAN *Reunion* / L'ami retrouvé
WELLS *The Country of the Blind and other tales of anticipation* / Le Pays des Aveugles et autres récits d'anticipation
WELLS *The Time Machine* / La Machine à explorer le temps
WILDE *The Portrait of Mr. W. H.* / Le portrait de Mr. W. H.
WILDE *Lord Arthur Savile's crime* / Le crime de Lord Arthur Savile
WILDE *The Canterville Ghost and other short fictions* / Le Fantôme des Canterville et autres contes

ALLEMAND

BERNHARD *Der Stimmenimitator* / L'imitateur
BÖLL *Der Zug war pünktlich* / Le train était à l'heure
CHAMISSO *Peter Schlemihls wundersame Geschichte* / L'étrange histoire de Peter Schlemihl

EICHENDORFF *Aus dem Leben eines Taugenichts* / Scènes de la vie d'un propre à rien
FREUD *Selbstdarstellung* / Sigmund Freud présenté par lui-même
FREUD *Die Frage der Laienanalyse* / La question de l'analyse profane
FREUD *Das Unheimliche und andere Texte* / L'inquiétante étrangeté et autres textes
FREUD *Eine Kindheitserinnerung des Leonardo da Vinci* / Un souvenir d'enfance de Léonard de Vinci
GOETHE *Die Leiden des jungen Werther* / Les souffrances du jeune Werther
GRIMM *Märchen* / Contes
GRIMM *Das blaue Licht und andere Märchen* / La lumière bleue et autres contes
HANDKE *Die Lehre der Sainte-Victoire* / La leçon de la Sainte-Victoire
HANDKE *Kindergeschichte* / Histoire d'enfant
HANDKE *Lucie im Wald mit den Dingsdda* / Lucie dans la forêt avec les trucs-machins
HOFMANNSTHAL *Andreas* / Andréas
KAFKA *Die Verwandlung* / La métamorphose
KAFKA *Brief an den Vater* / Lettre au père
KAFKA *Ein Landarzt und andere Erzählungen* / Un médecin de campagne et autres récits
KAFKA *Beschreibung eines Kampfes* / *Forschungen eines Hundes*/ Les recherches d'un chien / Description d'un combat
KLEIST *Die Marquise von O...* / *Der Zweikampf* / La marquise d'O... / Le duel
KLEIST *Die Verlobung in St. Domingo* / *Der Findling* / Fiançailles à Saint-Domingue / L'enfant trouvé
MANN *Tonio Kröger* / Tonio Kröger
RILKE *Geschichten vom lieben Gott* / Histoires du Bon Dieu
RILKE *Zwei Prager Geschichten* / Deux histoires pragoises
WALSER *Der Spaziergang* / La promenade

RUSSE

BABEL *Одесскне рассказы* / Contes d'Odessa
BOULGAKOV *Роковые яица* / Les Œufs du Destin
DOSTOÏEVSKI *Записки из подполья* / Carnets du sous-sol
DOSTOÏEVSKI *Кроткая* / *Сон смешного человека* / Douce / Le songe d'un homme ridicule

GOGOL *Записки сумасшедшего / Нос / Шинель* / Le journal d'un fou / Le nez / Le manteau
GOGOL *Портрет* / Le portrait
LERMONTOV *Герой нашего времени* / Un héros de notre temps
POUCHKINE *Пиковая дама* / La Dame de pique
POUCHKINE *Дубровского* / Doubrovsky
TCHÉKHOV *Дама с собачкой / Архиерей / Невеста* / La dame au petit chien / L'évêque / La fiancée
TOLSTOÏ *Дьявол* / Le Diable
TOLSTOÏ *Смерть Ивана Ильича* / La Mort d'Ivan Ilitch
TOLSTOÏ *Крейцерова соната* / La sonate à Kreutzer
TOURGUÉNIEV *Первая любовь* / Premier amour
TYNIANOV *Подпоручик Киже* / Le lieutenant Kijé

ITALIEN

CALVINO *Fiabe italiane* / Contes italiens
D'ANNUNZIO *Il Traghettatore ed altre novelle della Pescara* / Le passeur et autres nouvelles de la Pescara
DANTE *Vita Nuova* / Vie nouvelle
GOLDONI *La Locandiera* / La Locandiera
GOLDONI *La Bottega del caffè* / Le Café
MACHIAVEL *Il Principe* / Le Prince
MALAPARTE *Il Sole è cieco* / Le Soleil est aveugle
MORANTE *Lo scialle andaluso ed altre novelle* / Le châle andalou et autres nouvelles
MORAVIA *L'amore conjugale* / L'amour conjugal
PASOLINI *Racconti romani* / Nouvelles romaines
PAVESE *La bella estate* / Le bel été
PAVESE *La spiaggia* / La plage
PIRANDELLO *Novelle per un anno (scelta)* / Nouvelles pour une année (choix)
PIRANDELLO *Novelle per un anno II (scelta)* / Nouvelles pour une année II (choix)
PIRANDELLO *Sei personaggi in cerca d'autore* / Six personnages en quête d'auteur
SCIASCIA *Il contesto* / Le contexte

SVEVO *Corto viaggio sentimentale* / Court voyage sentimental
VASARI/CELLINI *Vite di artisti* / Vies d'artistes
VERGA *Cavalleria rusticana ed altre novelle* / Cavalleria rusticana et autres nouvelles

ESPAGNOL

ASTURIAS *Leyendas de Guatemala* / Legendes du Guatemala
BORGES *El libro de arena* / Le livre de sable
BORGES *Ficciones* / Fictions
CARPENTIER *Concierto barroco* / Concert baroque
CARPENTIER *Guerra del tiempo* / Guerre du temps
CERVANTES *Novelas ejemplares (selección)* / Nouvelles exemplaires (choix)
CERVANTES *El amante liberal* / L'amant généreux
CERVANTES *El celoso extremeño* / *Las dos doncellas* / Le Jaloux d'Estrémadure / Les Deux Jeunes Filles
CORTÁZAR *Las armas secretas* / Les armes secrètes
CORTÁZAR *Queremos tanto a Glenda (selección)* / Nous l'aimions tant, Glenda (choix)
FUENTES *Los huos del conquistador* / Les fils du conquistador
UNAMUNO *Cuentos (selección)* / Contes (choix)
VARGAS LLOSA *Los cachorros* / *Les chiots.*

PORTUGAIS

EÇA DE QUEIROZ *Singularidades de uma rapariga loira* / Une singulière jeune fille blonde
MACHADO DE ASSIS *O alienista* / L'aliéniste

[illegible]

[illegible]

[illegible]

[illegible]

[illegible]

[illegible]

[illegible]

[illegible]

COLLECTION FOLIO

Dernières parutions

3960. La Bible	*Samuel.*
3961. Anonyme	*Le poisson de jade.*
3962. Mikhaïl Boulgakov	*Endiablade.*
3963. Alejo Carpentier	*Les Élus et autres nouvelles.*
3964. Collectif	*Un ange passe.*
3965. Roland Dubillard	*Confessions d'un fumeur de tabac français.*
3966. Thierry Jonquet	*La leçon de management.*
3967. Suzan Minot	*Une vie passionnante.*
3968. Dann Simmons	*Les Fosses d'Iverson.*
3969. Junichirô Tanizaki	*Le coupeur de roseaux.*
3970. Richard Wright	*L'homme qui vivait sous terre.*
3971. Vassilis Alexakis	*Les mots étrangers.*
3972. Antoine Audouard	*Une maison au bord du monde.*
3973. Michel Braudeau	*L'interprétation des singes.*
3974. Larry Brown	*Dur comme l'amour.*
3975. Jonathan Coe	*Une touche d'amour.*
3976. Philippe Delerm	*Les amoureux de l'Hôtel de Ville.*
3977. Hans Fallada	*Seul dans Berlin.*
3978. Franz-Olivier Giesbert	*Mort d'un berger.*
3979. Jens Christian Grøndahl	*Bruits du cœur.*
3980. Ludovic Roubaudi	*Les Baltringues.*
3981. Anne Wiazemski	*Sept garçons.*
3982. Michel Quint	*Effroyables jardins.*
3983. Joseph Conrad	*Victoire.*
3984. Emile Ajar	*Pseudo.*
3985. Olivier Bleys	*Le fantôme de la Tour Eiffel.*
3986. Alejo Carpentier	*La danse sacrale.*
3987. Milan Dargent	*Soupe à la tête de bouc.*
3988. André Dhôtel	*Le train du matin.*
3989. André Dhôtel	*Des trottoirs et des fleurs.*
3990. Philippe Labro/ Olivier Barrot	*Lettres d'Amérique. Un voyage en littérature.*

3991. Pierre Péju	*La petite Chartreuse.*
3992. Pascal Quignard	*Albucius.*
3993. Dan Simmons	*Les larmes d'Icare.*
3994. Michel Tournier	*Journal extime.*
3995. Zoé Valdés	*Miracle à Miami.*
3996. Bossuet	*Oraisons funèbres.*
3997. Anonyme	*Jin Ping Mei I.*
3998. Anonyme	*Jin Ping Mei II.*
3999. Pierre Assouline	*Grâces lui soient rendues.*
4000. Philippe Roth	*La tache.*
4001. Frederick Busch	*L'inspecteur de nuit.*
4002. Christophe Dufossé	*L'heure de la sortie.*
4003. William Faulkner	*Le domaine.*
4004. Sylvie Germain	*La Chanson des mal-aimants.*
4005. Joanne Harris	*Les cinq quartiers de l'orange.*
4006. Leslie kaplan	*Les Amants de Marie.*
4007. Thierry Metz	*Le journal d'un manœuvre.*
4008. Dominique Rolin	*Plaisirs.*
4009. Jean-Marie Rouart	*Nous ne savons pas aimer.*
4010. Samuel Butler	*Ainsi va toute chair.*
4011. George Sand	*La petite Fadette.*
4012. Jorge Amado	*Le Pays du Carnaval.*
4013. Alessandro Baricco	*L'âme d'Hegel et les vaches du Wisconsin.*
4014. La Bible	*Livre d'Isaïe.*
4015. La Bible	*Paroles de Jérémie-Lamentations.*
4016. La Bible	*Livre de Job.*
4017. La Bible	*Livre d'Ezéchiel.*
4018. Frank Conroy	*Corps et âme.*
4019. Marc Dugain	*Heureux comme Dieu en France.*
4020. Marie Ferranti	*La Princesse de Mantoue.*
4021. Mario Vargas Llosa	*La fête au Bouc.*
4022. Mario Vargas Llosa	*Histoire de Mayta.*
4023. Daniel Evan Weiss	*Les cafards n'ont pas de roi.*
4024. Elsa Morante	*La Storia.*
4025. Emmanuèle Bernheim	*Stallone.*
4026. Françoise Chandernagor	*La chambre.*
4027. Philippe Djian	*Ça, c'est un baiser.*
4028. Jérôme Garcin	*Théâtre intime.*

4029. Valentine Goby — *La note sensible.*
4030. Pierre Magnan — *L'enfant qui tuait le temps.*
4031. Amos Oz — *Les deux morts de ma grand-mère.*
4032. Amos Oz — *Une panthère dans la cave.*
4033. Gisèle Pineau — *Chair Piment.*
4034. Zeruya Shalev — *Mari et femme.*
4035. Jules Verne — *La Chasse au météore*
4036. Jules Verne — *Le Phare du bout du Monde.*
4037. Gérard de Cortanze — *Jorge Semprun.*
4038. Léon Tolstoi — *Hadji Mourat.*
4039. Isaac Asimov — *Mortelle est la nuit.*
4040. Collectif — *Au bonheur de lire.*
4041. Roald Dahl — *Gelée royale.*
4042. Denis Diderot — *Lettre sur les Aveugles.*
4043. Yukio Mishima — *Martyre.*
4044. Elsa Morante — *Donna Amalia.*
4045. Ludmila Oulitskaia — *La maison de Lialia.*
4046. Rabindranath Tagore — *La petite mariée.*
4047. Ivan Tourgueniev — *Clara Militch.*
4048. H.G. Wells — *Un rêve d'Armageddon.*
4049. Michka Assayas — *Exhibition.*
4050. Richard Bausch — *La saison des ténèbres.*
4051. Saul Bellow — *Ravelstein.*
4052. Jerome Charyn — *L'homme qui rajeunissait.*
4053. Catherine Cusset — *Confession d'une radine.*
4055. Thierry Jonquet — *La Vigie* (à paraître).
4056. Erika Krouse — *Passe me voir un de ces jours.*
4057. Philippe Le Guillou — *Les marées du Faou.*
4058. Frances Mayes — *Swan.*
4059. Joyce Carol Oates — *Nulle et Grande Gueule.*
4060. Edgar Allan Poe — *Histoires extraordinaires.*
4061. George Sand — *Lettres d'une vie.*
4062. Beigbeder — *99 francs.*
4063. Balzac — *Les Chouans.*
4064. Bernardin de St Pierre — *Paul et Virginie.*
4065. Raphaël Confiant — *Nuée ardente.*
4066. Florence Delay — *Dit Nerval.*
4067. Jean Rolin — *La clôture.*
4068. Philippe Claudel — *Les petites mécaniques.*

Composition Infoprint.
Impression Bussière Camedan Imprimeries
à Saint-Amand (Cher), le 16 juillet 2004.
Dépôt légal : juillet 2004.
1er dépôt légal dans la collection : avril 1996.
Numéro d'imprimeur : 042760/1.
ISBN 2-07-039458-1./Imprimé en France.

131697